verlegt durch EGMONT Verlagsgesellschaften mbH,
Gertrudenstraße 30–36, 50667 Köln

Titelbild: Yayo Kawamura
Umschlaggestaltung: Yayo Kawamura
Herstellung/Satz: Greiner & Reichel, Köln
Druck/Bindung: CPI – Ebner & Spiegel, Ulm
ISBN 978-3-505-12643-7

10 11 / 8 7 6 5 4 3 2 1

KATHARINA E. VOLK

DER Liebesretter CLUB

just girls

Schneider Buch
EGMONT

Inhalt

Für Moritz

Tattergreis-Alarm

Lecker! Als ich meinen Rucksack im Flur neben der Garderobe fallen lasse, steigt mir der Duft von Hefekuchen in die Nase. Nach sechs Stunden Schule bin ich wie immer völlig ausgehungert und freue mich schon aufs Mittagessen. Meinetwegen muss es nicht unbedingt aus Gemüse und Kartoffeln bestehen. Fleisch esse ich sowieso nicht. Marmorkuchen, Obsttorte, Schokokekse und Apfeltaschen reichen mir völlig! Zum Glück habe ich meine Vorliebe für Süßes von Mama geerbt. So kann ich mich ständig durch alles durchfuttern, was sie ausprobiert. Ihr Hefekuchen ist bei uns der Renner. Das Rezept stammt von meiner Urgroßmutter und ist einfach unschlagbar!

„Hilde, das ist nicht dein Ernst!", höre ich Mama sagen, während ich meine Sneakers ausziehe und rasch in meine kuscheligen gelben Wollsocken schlüpfe. Als ich in die

Küche komme, sitzt Mama am Tisch, vor sich ein Stück Hefekuchen, von dem sie noch gar nicht abgebissen hat. Komisch – normalerweise überleben Kuchenstücke auf ihrem Teller keine halbe Minute. Mama glotzt Oma Hilde an, die mit verschränkten Armen in einem Wollkleid und schicken braunen Stiefeln vor dem Kühlschrank steht. Die Stimmung kommt mir etwas frostig vor – und ich werde heute noch nicht mal begrüßt!

„Hallo, Mama, hallo, Oma", werfe ich versuchsweise in den Raum.

„Hallo, Küken", sagt Mama völlig geistesabwesend, zwirbelt eine ihrer dunklen Locken um den Zeigefinger und starrt dabei weiterhin Oma an, als hätte die ihr gerade verkündet, dass sie auf den Mars umsiedeln will.

„Was ist denn los?", will ich wissen.

„Hallo, Vivi-Spatz!", antwortet Oma endlich. „Deine Mutter ist im Augenblick geistig etwas unbeweglich und kann meinen Standpunkt nicht nachvollziehen, das ist alles."

„Das ist alles?" Mama verschluckt sich an einem aufgepickten Hefekrümel und hustet und prustet, bis sie schließlich mit krebsrotem Gesicht keucht: „Dann bin ich mal sehr gespannt, wie du das alles deiner Enkelin erklären willst."

„Sei doch nicht so dramatisch", sagt Oma und zupft sich einen Fussel von ihrer olivgrünen Jacke.

„Ich bin nicht dramatisch – die Situation ist dramatisch!“, ruft Mama empört.

Langsam werde ich unruhig. „Ist was passiert?“

„Und ob was passiert ist!“, bestätigt Mama und beißt jetzt ein riesiges Stück von ihrem Hefekuchen ab.

„Es ist viel zu lange überhaupt nichts passiert“, sagt Oma mit hochgezogenen Augenbrauen. Ich schaue verwirrt von Oma zu Mama und kapiere gar nichts mehr. Mama säbelt mir schweigend ein Stück vom Hefekuchen ab und reicht mir einen Teller. „Das Kind könnte mittags auch etwas Gemüse vertragen“, wirft Oma ein. Mama funkelt sie wütend an. „Das Kind könnte auch Großmutter UND Großvater vertragen!“

„Ist was mit Opa Jens?“, frage ich jetzt erschrocken.

„Aber nein, Vivi-Spatz, Opa Jens geht es gut!“, beruhigt Oma mich rasch.

„Da wäre ich mir ja nicht so sicher“, schnaubt Mama.

Nun reißt mir endgültig der Geduldsfaden. Ich lege die Hände wie einen Trichter vor meinen Mund und schreie: „Kann mir endlich jemand sagen, was hier eigentlich los ist?“

Oma seufzt. „Natürlich, entschuldige, Vivien. Es ist einfach so, dass ich mich von Opa Jens trenne. Wahrscheinlich.“

Verblüfft lasse ich meine Hände sinken. Spielen meine Ohren mir einen Streich? Immerhin habe ich schon sechs

Schulstunden hinter mir und meine Gehörgänge sind ziemlich überanstrengt. Vielleicht gibt es da einen Stau, und irgendwelche Sätze sind durcheinandergeraten. Oma wollte wohl eigentlich sagen: „Es ist so, dass ich die Jeans von Opa auftrenne. Wahrscheinlich sind sie ihm zu eng geworden." Könnte doch sein. Im Kunstunterricht haben wir heute erst über Stoffe gesprochen. Über Baumwolle und Polyester, über Jeansstoffe und warum die in Amerika so beliebt geworden sind ... Alles andere wäre doch total unlogisch. Omas und Opas trennen sich doch nicht! Erleichtert beiße ich in meinen Kuchen und murmele mit vollem Mund: „Kauf Opa doch einfach eine neue Hose, das wär doch viel einfacher."

Nun gucken mich Oma und Mama plötzlich an, als wäre ich eine unterirdische Kreatur, die zu ihrem größten Erstaunen gerade aus einem Loch im Küchenboden gekrabbelt ist und genüsslich ihren Hefekuchen wegmümmelt. Mama schüttelt schließlich den Kopf und murmelt: „Schön wär's, wenn der Kauf einer neuen Hose die Probleme so einfach beseitigen würde."

„Es geht mir nicht um modische Aspekte, Vivi-Spatz", erklärt Oma. „Es geht um viel wesentlichere Dinge!"

Trotz des Kuchens in meinem Mund habe ich plötzlich einen leicht bitteren Geschmack auf der Zunge. Habe ich also doch richtig gehört?

„Was 'n für wesentliche Dinge?", will ich wissen. Mama schaltet sich ein: „Das wüsste ich auch gerne, nachdem ihr es schon fast ein ganzes Leben lang miteinander ausgehalten habt!"

„Ha!", ruft Oma jetzt aus. „Als ob es ums Aushalten ginge! Glaubst du etwa, in meinem Alter möchte man nicht mehr glücklich sein?"

Mama verdreht nur die Augen. Ich habe einen Kloß im Hals. „Und was ist mit Opa Jens?", frage ich. „Wie findet der das?"

Oma fingert ein bisschen nervös an ihrem goldenen Ehering herum. „Jens kann sich ja mal Gedanken machen, wie er das findet. Bis jetzt war ihm offenbar die Frage wichtiger, wann wieder ein gebügeltes Hemd im Schrank hängt."

Ich muss schlucken. „Echt? Ist Opa das egal, wenn du weggehen willst?"

Oma bringt es fertig, sogar noch zu grinsen. „Tja, dass ich mich jetzt mit Jan-Horst treffe, ist ihm zumindest nicht egal."

„Jan-Horst? Wer ist das denn?", fragen Mama und ich wie aus einem Mund.

„Jan-Horst", beginnt Oma und lächelt dabei irgendwie total bescheuert, „ist ein wunderbarer Mann mit guten Manieren und klugen Gedanken in seinem gepflegten Kopf."

„Wie alt?", fragt Mama streng.

Oma kontrolliert, ob ihr Nagellack in Ordnung ist. „Er ist 67 Jahre und fünf Monate alt, wenn du es genau wissen möchtest."

„Wo hast du ihn kennengelernt?", hakt Mama nach.

„In der Buchhandlung am Kornmarkt. An der Kaffeebar neben der Reiseliteratur. So, und nun ist dieses Verhör beendet, meine Lieben." Oma knöpft ihre Jacke zu. „Ich bin nämlich verabredet und muss jetzt gehen. Grüßt Nathalie und Jörg von mir!"

Kaum ist die Haustür ins Schloss gefallen, hängt Mama sich ans Telefon und ruft ihre Freundin Julia an, um diese brandheißen Neuigkeiten zu bequatschen.

Ich ziehe mich in mein Zimmer zurück. Eigentlich müsste ich jede Menge Hausaufgaben machen. Aber darauf kann ich mich jetzt überhaupt nicht konzentrieren. Ich muss erst mal verdauen, was ich da gerade zu hören bekommen habe. Oma und Opa sind schon seit immer und ewig miteinander verheiratet. Sie haben zwei Kinder bekommen, nämlich Mama und meinen Onkel Thomas. Sie sind bis jetzt jedes Jahr ein Mal an die Nordsee gefahren, um dort Urlaub zu machen. Und manchmal auch nach Spanien, weil ihnen beiden das Land, die Sprache und die Kultur so gut gefallen. Und ich kann mich nicht erinnern, dass sie sich irgendwann mal angeschrien hätten oder so.

Da trennt man sich doch nicht einfach! Vielleicht ist das alles nur eine blöde Laune von Oma? Vielleicht hat sie Probleme mit den Wechseljahren? Frau Nolte, die Frau vom Hausmeister an unserer Schule, hat neulich ausgiebig rumgejammert, dass ihr die Wechseljahre ja solche Probleme bereiten! Sie meinte, ihre Nerven würden immer schwächer und sie hätte schreckliche Hitzewallungen. Möglicherweise braucht Oma 'ne Abkühlung?

Wie immer, wenn ich mich beruhigen will, setze ich mich im Schneidersitz in meinen weißen Plüschsessel. Seufzend schalte ich meinen CD-Player ein. Eine Ballade von Shakira ist jetzt genau das Richtige. Dann greife ich in meine Holzkiste mit dem Sammelsurium an Perlen, die in Reichweite auf meinem grün lackierten kleinen Regal steht. Mittlerweile habe ich ungefähr drei Kilo Holzperlen, Plastikperlen und Glasperlen in allen Farben gesammelt und mir schon mindestens 28 Halsketten in verschiedenen Längen aufgefädelt. An manchen Tagen trage ich gleich drei oder vier davon gleichzeitig. Sieht viel besser aus als eine einzelne Kette. Meine beste Freundin Nici kriegt natürlich jedes Jahr eine Kette von mir zum Geburtstag. Blöderweise ist Nici heute bei ihren Großeltern, sonst würde ich mich gleich nach Mama ans Telefon hängen. Die Glücklichen feiern in aller Seelenruhe ihre goldene Hochzeit, und da kann Nici sich schlecht ungestört mit mir unterhalten.

Bestimmt ist sie wieder umringt von ihren Cousins, die alle mal neben ihr sitzen wollen. Kein Wunder – Nici sieht mit ihren blonden Locken und ihrem rosigen Gesicht aus wie ein Weihnachtsengel, der sich auf die Erde verirrt hat. Dabei hat sie eine so große Klappe, als wäre sie einer Koboldfamilie entsprungen! Manchmal könnte ich neben ihr glatt im Boden versinken. Auffallen um jeden Preis ist nicht gerade mein Ding. Ein bisschen pummelig ist Nici auch. Sie ist davon zwar total genervt und will ständig abnehmen. Aber ich finde, zu ihrem Weihnachtsengel-Look passen ihre runden Formen perfekt – wie von einem himmlischen Designer extra für sie gemacht. Nici meint immer, wenn ich nicht so spindeldürr wäre, würde ich darüber sicher auch anders denken. Ich geb mir ja schon Mühe! Mal sehen, wann die Apfeltaschen und Schokotörtchen Wirkung zeigen. Bis jetzt werden die ganzen Kalorien anscheinend noch direkt verbrannt – durch Fahrradfahren und Schulstress. Und seit heute gibt es ja auch noch eine mittelschwere Familienkatastrophe zu bewältigen! Auch wenn Oma so getan hat, als wäre das alles ein Klacks. Normalerweise würde ich einfach mit ihr reden. Das hab ich schon öfter gemacht, wenn ich mal Stress mit Nathalie oder mit Mama und Papa hatte. Aber jetzt ist Oma ja selbst diejenige, die irgendwie nicht mehr so tickt wie vorher und sich von fremden Tattergreisen in Buchhandlungen abschleppen lässt! Außerdem hatte sie es zum Schluss ganz schön eilig.

Ich kombiniere schwarze Plastikperlen, farblose Glasperlen und pinkfarbene Holzperlen miteinander. Immer schön abwechselnd. Und als ich fertig bin, ist mir klar, dass ich Omas durchgeknallte Ansage unbedingt mit Nathalie besprechen muss. Nathalie ist immerhin schon 15, also drei Jahre älter als ich. Ich hoffe, sie hat eine geniale Idee auf Lager. Denn dass Oma Hilde wieder zur Vernunft gebracht werden muss, steht für mich fest.

Um kurz nach sechs höre ich endlich die Haustür schlagen. Zu allererst ruft Nathalie aus dem Flur in Richtung Küche: „Was gibt's zu essen?" Klar, nach der Schule war sie noch in ihrem heißgeliebten Sportverein und hat jetzt natürlich mindestens doppelt so viel Kohldampf wie ich nach dem Unterricht.

Mamas Antwort kommt prompt. „Hallo, Nathalie, hattest du auch einen schönen Tag? Es gibt Linsen mit Möhren und Kartoffeln. Dauert aber noch 'ne halbe Stunde. Willst du auch Schafskäse dazu?"

„Bloß nicht!", wehrt Nathalie sofort ab. „Der Fettgehalt ist viel zu hoch!"

Nici würde sich darüber kaputtlachen. Nathalie ist nämlich genauso schlank wie ich. Da wir noch eine halbe Stunde bis zum Essen haben, nutze ich sofort meine Chance und lotse mein Schwesterchen in mein Zimmer.

„Was gibt's denn, Vivi?", will Nathalie wissen. Sie wurschtelt sich die Glitzerspange aus den schulterlangen braunen Haaren und streckt sich in ihren hautengen Jeans auf meinem Teppichboden aus. Ich kläre sie in aller Kürze darüber auf, dass Oma Hilde Opa Jens für einen Tattergreis namens Jan-Horst verlassen will und das auch noch ganz normal findet.

„Jan-Horst ist der blödeste Name, den ich je gehört habe", setze ich noch eins drauf.

Nathalie grinst. „Ich finde den Namen Jan auf alle Fälle total süß!" Ja, klar. Wie konnte ich das nur vergessen! Nathalie ist seit acht Wochen mit Jan aus dem Sportverein zusammen. Der Typ ist der totale Mädchenschwarm, und meine Schwester schwebt auf Wolke sieben, seit sie zum ersten Mal mit ihm geknutscht hat. Wie die das angestellt haben, ist mir übrigens ein Rätsel. Jan ist nämlich drei Köpfe größer als Nathalie. Fürs Basketballspielen ist das bestimmt vorteilhaft – aber fürs Knutschen? Der muss sich doch zusammenklappen wie ein Schweizer Taschenmesser, um an Nathalies Mund ranzukommen. Wenn die lange zusammenbleiben und ständig knutschen, wird Jan unter Garantie bald Rückenschmerzen haben. Und kein Arzt wird drauf kommen, woran das liegt! Aber von solchen

Gefahren lassen sich die beiden wohl eher nicht abhalten. Nathalie ist richtig gut drauf, wenn sie verknallt ist. Im Moment vielleicht sogar zu gut!

„Hey, Nathalie, denk doch mal an den armen Opa!"

„Der wird sich irgendwie danebenbenommen haben. Sonst würde Oma doch nicht so ausrasten! Lass die mal machen ..."

„Es ist doch nicht dasselbe, ob sie sich gestritten haben oder ob Oma plötzlich einen neuen Mann will!"

„Hat sie denn schon was mit dem Neuen?"

„Glaub ich nicht. Sie haben sich im Buchladen an der Kaffeebar getroffen."

„Siehst du! Was soll zwischen staubigen Bücherregalen schon groß passieren?"

Damit springt Nathalie auf und trabt zielstrebig in Richtung Futterquelle. Papa ist nämlich auch gerade nach Hause gekommen und wir können endlich essen.

Während Mama das Linsengemüse austeilt, erzählt sie Papa brühwarm, was ihrer Mutter seit Neuestem im Kopf herumgeht: Jan-Horst von der Kaffeebar im Buchladen am Kornmarkt. Papa hört zu und schüttelt dann grinsend den Kopf. „Jörg, also wirklich – findest du das etwa witzig?", fragt Mama empört. Papa lehnt sich entspannt zurück. „Ach, komm schon, Ramona. Wir haben April, fast schon Mai!"

„Hä – was hat denn jetzt die Jahreszeit damit zu tun?", schaltet sich Nathalie ein.

„Ganz einfach", meint Papa und trinkt einen Schluck Apfelschorle. „Das sind Frühlingsgefühle! Die beiden kriegen sich schon wieder ein."

Ich löffle schweigend meine Linsen. Papa findet das also normal. Frühlingsgefühle! Was weiß mein Vater eigentlich darüber? Und wieso hat man die überhaupt? Ich hab jedenfalls keine! Ich freu mich zwar auch auf den Frühling und den Sommer, aber nur deshalb, weil ich Sonne lieber mag als Regen, weil ich gern Eis esse und weil meine Perlenketten zu Sommerklamotten und Flipflops noch viel besser aussehen als zu warmen Pullovern. Was soll das alles bitte schön mit Ehekrach und fremden Tattergreisen zu tun haben?

Papa und Nathalie vertiefen sich in ein Gespräch über Basketball. So wie es aussieht, sind Mama und ich hier die Einzigen, die sich wegen Oma und Opa wirklich Sorgen machen. Trotz allem hat Mama leckeren Sahnepudding mit frischen Früchten zum Nachtisch gemacht. Den lässt sich nicht mal meine sportliche Schwester entgehen. Und Papa sowieso nicht! Für Nachtisch lässt er alles stehen und liegen. „Hm!", brummt Papa genüsslich. „Für deine Desserts würde ich dich glatt noch mal heiraten, Ramona!"

Auch nach dem Essen sitzen wir alle noch in unserer Wohnküche zusammen. Im Gegensatz zu anderen Leuten haben wir nämlich kein Wohnzimmer. Brauchen wir auch nicht, weil unsere Küche so riesig ist, dass hier außer dem Esstisch noch zwei Holzregale, zwei Sofas und drei Lesesessel Platz haben. Auf dem Boden liegen ein paar große Sitzkissen. Auf denen hat Nathalie es sich mit einem Buch über Pferde gemütlich gemacht. Papa hat auf dem braunen Ledersofa die Beine hochgelegt und blättert in einer Zeitschrift. Mama sitzt im grünen Sessel, studiert einen Katalog aus dem Modegeschäft, in dem sie arbeitet, und trinkt Espresso. Das Thema Oma Hilde ist offensichtlich vorläufig abgehakt. Aber ich denke immer noch nach, wie ich da so auf dem anderen Sofa mit dem Zebrafellmuster liege. Ich find's traurig, dass es so viele getrennte Leute gibt. Nicis Eltern sind seit zwei Jahren geschieden. Mittlerweile hat Nici sich an den Zustand gewöhnt und findet die Situation jetzt besser als vorher, als ihre Eltern sich ständig gestritten haben. Aber damals hat sie total oft geheult und wollte an den Wochenenden lieber bei uns übernachten, weil sie die ganze miese Stimmung zu Hause nicht mehr ausgehalten hat. In meiner Klasse gibt es noch mindestens vier Mädchen, deren Eltern geschieden oder zumindest getrennt sind. Was bei den Jungs zu Hause so los ist, weiß ich nicht genau. Die reden ja auch nicht wirklich mit einem.

Entweder tun sie so, als wären sie wahnsinnig cool, oder sie sind noch so kindergartenmäßig drauf, dass sie den größten Spaß dabei haben, die Mädchen zu ärgern.

Um kurz nach acht schrillt plötzlich die Haustürklingel und reißt mich aus meinen Gedanken. Auch Mama zuckt so sehr zusammen, dass sie beinahe ihre Espresso-Tasse runterwirft. Papa lässt erstaunt die Zeitschrift sinken. Nur Nathalie springt sofort auf, um die Tür zu öffnen. Ich laufe neugierig hinterher. Vielleicht erwartet meine Schwester ja noch den abendlichen Besuch ihres heißgeliebten Jan, der vor lauter Sehnsucht nicht mehr abwarten kann, bis er sie morgen wiedersehen darf?

Die Wahrheit ist nicht ganz so romantisch. Auf der Türschwelle steht nämlich Opa Jens. Mir kommt es so vor, als ob die Enden seines Schnurrbarts etwas trauriger herunterhängen als sonst. Das kann natürlich Einbildung sein. Nici meint jedenfalls, dass ich manchmal zu gefühlsduselig bin.

„Störe ich?", fragt Opa.

„Nö!" Ich recke mich ein Stückchen hoch, um ihm ein Begrüßungsküsschen zu geben.

Nathalie verschwindet in ihrem Zimmer. Aber ich will alles mitkriegen und folge Opa in die Wohnküche.

Papa schenkt Opa ein Glas Rotwein ein. „Wie geht's denn so, Schwiegervater?"

Opa räuspert sich umständlich und zupft an seinem hellblauen Pullover herum. Heute trägt er ausnahmsweise ein T-Shirt darunter, kein Hemd wie sonst immer. „Tja, also“, sagt er, „irgendwie hatte ich mir meinen Ruhestand ruhiger vorgestellt.“

„Wieso – hast du Stress?“, erkundigt sich Papa.

„Ich nicht. Aber Hilde!“, sagt Opa und starrt in sein Weinglas.

„Wenn Hilde Stress hat, musst du doch keinen haben!“, meint Papa. Mama sitzt nur mit gerunzelter Stirn da.

„Aber sie kocht kaum noch! Ich habe es oft genug bedauert, mittags in der Mensa zu essen, denn ich habe ihre Kochkünste immer zu schätzen gewusst.“ Aufgeregt trinkt Opa einen Schluck und setzt das Weinglas so heftig wieder ab, dass beinahe etwas überschwappt. „Jetzt könnte man das endlich zusammen genießen, aber jetzt hat sie keine Lust mehr! Kein einziges gebügeltes Hemd habe ich mehr im Schrank. Und ständig ist sie auf Achse! Und ich soll immer mit!“

„Du sollst mit?“, fragt Mama jetzt erstaunt. Auch ich wundere mich ein bisschen. Will Oma etwa mit Opa und diesem Jan-Horst gemeinsam ausgehen?

„Na ja“, brummt Opa. „In letzter Zeit nicht mehr. Da geht sie allein auf die Piste.“

„Aber dann hast du doch deine Ruhe!“, meint Papa.

„Ja, aber man will doch auch mal gemütlich mit seiner Frau im Sessel sitzen!", ruft Opa aus. „Das ganze Leben lang ist man rumgehetzt. Ständig Konferenzen und tausend Sachen zu organisieren. Irgendwann will man auch mal durchatmen und ein bisschen umsorgt werden! Früher hatten wir kaum einen ruhigen Abend für uns – und jetzt? Wieder nichts! Und dann gibt Hilde mir auch noch das Gefühl, alles falsch zu machen!"

Opa hat sich richtig in Fahrt geredet. Mama versucht ihn zu beruhigen und bietet an, mit Oma Hilde zu reden. Dass Oma heute längst hier gewesen ist und das Gespräch zwischen den beiden eigentlich ziemlich blöd lief, verschweigt sie mal eben. Papa schenkt Opa noch ein Glas Wein ein und wiederholt, was er heute Mittag schon gesagt hat. „Hilde wird sich schon wieder einkriegen."

Ich bin mir da nicht so sicher, und ich kann Opa gut verstehen. Andererseits – warum sollte ausgerechnet Oma Hilde Opas Hemden bügeln? Er ist ja den ganzen Tag über zu Hause. Da könnte er das doch eigentlich selbst machen. Letztes Jahr hatte er zu viel Arbeit. Da war er noch Schulleiter am Gymnasium. Aber jetzt? Jetzt hätte er doch Zeit. Trotzdem finde ich, dass Oma sich nicht gleich dem nächstbesten Rentner an den Hals schmeißen sollte. Irgendwie muss man diese blöden Probleme doch aus der Welt räumen können!

Wenn es alle so machen wie Nicis Eltern oder wie Oma und Opa, dann gibt es schließlich irgendwann überhaupt keine glücklichen Paare und Familien mehr!

Ich will jedenfalls später einen perfekten Mann. Und das bedeutet, dass ich irgendwann einen perfekten ersten Freund haben will, und dabei bleibt es dann ganz einfach. Einen, mit dem ich mich nie streite und mit dem jeder Tag superschön ist, weil wir so gut zusammenpassen wie zwei Puzzleteile, die nur gemeinsam glücklich sind. Ärgern kann man sich schließlich alleine!

Als Opa sich von uns verabschiedet, kriegt er zum Trost heute mal zwei Abschiedsküsschen von mir. Und als ich im Bett liege, fällt mir ein, dass ich immer noch keine Hausaufgaben gemacht habe. Mist – ein Problem kommt selten allein!

Geistesblitz und Liebeskummer

Richtig schön ruhig ist es hier um diese Uhrzeit. Nici und ich sind heute früh die Ersten im Klassenzimmer. Eigentlich wäre das die Gelegenheit, um über alles zu reden, was gestern passiert ist. Aber blöderweise muss ich ja noch ganz dringend die Hausaufgaben von Nici abschreiben. In Französisch sollten wir einen Merksatz zum Imparfait notieren und gleich sieben unregelmäßige Verben in der neuen Zeit konjugieren! Mann, ist das eine lästige Schreibarbeit. Als es zur ersten Stunde läutet und die anderen eintrudeln, habe ich gerade das letzte Verb in mein Heft gekritzelt. Erzählt haben wir uns fast noch nichts. Bis jetzt hab ich nur mitgekriegt, dass Nici einen ihrer Cousins ziemlich cool findet. Der ist zwei Jahre älter als sie und spielt Schlagzeug in einer Band. „Tja", sagt sie jetzt seufzend, „aber wir sind ja miteinander verwandt. Da geht ja nichts."

„Wie meinst du das? Was soll nicht gehen?", frage ich zerstreut und wurschtele das Englischblatt hervor, auf dem wir Adverbien in einen Lückentext einsetzen sollen.

„Mit jemandem gehen, mit dem man verwandt ist! Und mit Tobias bin ich ja ganz schön nah verwandt. Ich muss mir also jemand anderen als ersten Freund suchen." Ich schaue Nici überrascht an. Ist ja ganz was Neues, dass sie sich darum plötzlich Gedanken macht!

Stefanie und Nora, die in der Reihe hinter uns sitzen, haben Nici unbemerkt zugehört und brechen jetzt in lautes Kichern aus. „Nicole ist in ihren Cousin verknallt! So wird das aber nichts mit den Jungs!"

Nici schaut sich wütend um. „Geht's noch etwas lauter?"

„Hey, Nici!", ruft Beni. „Wie wär's mit uns?"

„Quatsch!", brüllt Niklas. „Die geht doch eh ins Kloster!"

„Genau!", japst Stefanie. „Und in dem Kloster wird ihr Cousin dann Mönch! Das wird die perfekte Beziehung!" Nora und Stefanie wollen sich halbtot lachen über ihre eigenen doofen Witze. Nici ist mittlerweile knallrot vor Wut. „Tja", zischt sie den beiden zu „und ihr müsst euch wohl leider um Ken prügeln. Mal gucken, für welche Barbie er sich entscheidet." Stefanie und Nora gucken jetzt so blöd aus der Wäsche, dass ich lachen muss. Wahrscheinlich kapieren sie gar nicht, wie Nici auf Barbie kommt. Sie finden es nämlich normal, sich fast den ganzen Tag lang nur mit Schminken und Auftakeln zu beschäftigen. Und natürlich mit Lästern!

Als Herr Hinrichs den Raum betritt, wird es ruhiger. Unser Deutschlehrer teilt Zettel mit einer Ballade von Schiller aus; wir sollen den Text lesen und uns Gedanken darüber machen. Es geht um einen Ritter, der für eine adelige Dame einen Handschuh aus einem Löwengehege holen soll, den sie selbst reingeworfen hat. Er tut's auch, findet die Dame aber trotzdem plötzlich so bescheuert, dass er sofort anschließend die Fliege macht. Obwohl er ihr vorher ständig Liebeserklärungen gemacht hat. Meine Gedanken schweifen ab zu Oma, die ja auch gerade auf dem besten Weg ist, sich von Opa abzuseilen. Ob der auch irgendwas Unmögliches von Oma verlangt hat? Aber dann hätte sie sich doch einfach weigern und mit ihm reden können.

„Also? Was meinst du, Vivien?" Ups! Herr Hinrichs spricht mit mir. Was will er bloß? Eine Interpretation? Genau, Balladen muss man interpretieren! „Also ich finde, miteinander zu reden wäre besser. Wenn man einfach geht, löst man das Problem ja auch nicht."

Im Klassenraum macht sich Kichern breit und Herr Hinrichs verzieht spöttisch die Mundwinkel. „So, so. Du bist also der Ansicht, der Ritter hätte bei den Löwen verweilen und mit ihnen reden sollen. Sehr interessant!" Kopfschüttelnd macht er sich eine Notiz und nimmt dann Niklas dran.

„Was hat er denn gefragt?", wispere ich Nici zu.

„Er wollte wissen, wie das Verhalten des Ritters zu beurteilen ist, als er in das Löwengehege springt."

Mist. Aber jetzt ist es auch schon zu spät. Außerdem habe ich keine Probleme mit Löwen und Rittern, sondern Treueprobleme mit Oma Hilde!

In der Pause komme ich endlich dazu, Nici alles zu erzählen. Wir teilen uns einen Kakao und ein Croissant. „Kommt mir irgendwie so bekannt vor", meint Nici schließlich. „Meine Eltern hatten ja auch so verschiedene Interessen. Irgendwann haben sie gar nichts mehr zusammen gemacht. Und dann hat Papa sich in die Neue verknallt."

„Aber wieso haben sie dann so gestritten, wenn sie gar nicht mehr so viel zusammen waren?"

Nici zuckt die Schultern. „Irgendwann hat sie halt alles nur noch genervt. Mama fand Papas Angewohnheiten doof und umgekehrt."

„Komisch. Das hätten deine Eltern doch eigentlich von Anfang an merken können, oder?"

„Hey!", sagt Nici und kneift mich in die Seite. „Dann gäb's mich aber nicht!"

„Stimmt auch wieder." Eingehakt schlendern wir zurück ins Klassenzimmer. Herr Jürgens packt schon seine Tasche aus. Er hat wieder jede Menge Übungszettel dabei, damit wir auch bloß genug zu tun haben und das Imparfait irgendwann vorwärts und rückwärts runterbeten können. Und damit er währenddessen auch was zu tun hat, sammelt er unsere Hefte ein und kontrolliert die Hausaufgaben. Gut, dass ich heute so früh in der Schule war und Nici alles schön brav erledigt hat! Und ich hab mir beim Abschreiben sogar die Endungen für die Verben im Imparfait gemerkt und feuere sie jetzt aufs Papier, als wäre ich die geborene Grammatikkanone. Als ich fertig bin, stütze ich mein Kinn in die Handflächen und schaue mir Herrn Jürgens genauer an, wie er da so an seinem Lehrerpult sitzt und unsere Hefte korrigiert. Ob der seiner Frau wohl treu ist? Seinen Ehering trägt er jedenfalls. Also kann jeder sehen, dass er verheiratet ist. Er hat schwarze Socken an. Das wäre in Oma Hildes Augen schon mal ein Pluspunkt. Sie behauptet nämlich immer, dass Männer nur in schwarzen Socken gut aussehen. Jede andere Sockenfarbe findet sie katastrophal! Ich lehne mich zu Nici rüber und flüstere ihr ins Ohr. „Ob Frau Jürgens Herrn Jürgens wohl verlässt, wenn er anfängt, weiße Socken zu tragen?"

Nici muss so kichern, dass ihr der Stift aus der Hand fällt. „Keine Ahnung!", wispert sie. „Das müssten wir ausprobieren."

Herr Jürgens guckt mit gerunzelter Stirn zu uns rüber. „Was gibt es denn, Nicole? Darf man an deinem Heiterkeitsausbruch teilnehmen?"

„Entschuldigung, Herr Jürgens", grinst Nici. „Ich wollte Ihnen nur sagen, dass weiße Socken jetzt sehr angesagt sind. Gerade für Männer."

„Danke für den Tipp", sagt Herr Jürgens trocken. „Ich werd's mir überlegen."

Ich bin knallrot angelaufen, obwohl Nici ja diese Peinlichkeit von sich gegeben hat. Stefanie in der Reihe hinter uns sagt leise: „Willst du Herrn Jürgens an die Wäsche, Nicole? Oder wieso interessiert du dich auf einmal für seine Socken?"

Nici dreht sich halb um. „Das bleibt leider mein großes Sockengeheimnis – sorry, Barbie!"

Eins weiß ich jedenfalls jetzt schon: Ab sofort werde ich Herrn Jürgens tagtäglich auf die Socken gucken wie eine hypnotisierte Sockenverkäuferin. Und sobald er wirklich anfängt, weiße Socken zu tragen, werde ich immer wieder überprüfen, ob sein Ehering noch an Ort und Stelle sitzt!

Herr Jürgens hat dummerweise beim Kontrollieren der Hausaufgaben festgestellt, dass Nici bei allen Imparfait-Formen die zweite Person Singular falsch geschrieben hat, nämlich mit t am Ende. „Und du, Vivien, konjugierst beim nächsten Mal deine Verben bitte selbst, haben wir uns verstanden?"

Ich antworte lieber mal gar nichts und wühle angestrengt in meinem Mäppchen nach dem Tintenkiller. Einen

Vorteil hätte es vielleicht, wenn Herr Jürgens Eheprobleme kriegen würde: Er hätte nicht mehr so viel Energie übrig für die Hausaufgabenkontrolle.

Endlich ist zweite große Pause! Ich bin schon wieder halb verhungert. Nici meint, sie hätte sich bei der goldenen Hochzeit ihrer Großeltern so vollgefuttert, dass sie es sich heute nicht leisten kann, ihr Brot mit Schokoaufstrich zu essen. „Ich hab ja heute schon ein halbes Croissant gegessen", seufzt sie und streicht sich etwas dramatisch über ihren Hüftspeck. Dabei sieht man gar nichts davon, weil sie den mal wieder unter ihrer dunkelblauen, weit geschnittenen Jacke versteckt hat.

So oder so Glück für mich! Ich kaue zufrieden an Nicis Brot und beobachte aus dem Augenwinkel Frau Becker und Herrn Bart, die heute die Pausenaufsicht haben. Ab und zu ermahnen sie ein paar Fünftklässler, die mit kleinen Hartgummibällen spielen und sich schon dreimal gegenseitig am Kopf getroffen haben. Alle beide sehen schlecht gelaunt aus und stehen mit verschränkten Armen vor dem Eingang zum Neubau. Dabei ist heute der Himmel blau, die Sonne scheint und es ist mild, ein richtiger Frühlingstag. Ich stoße Nici an. „Guck mal, Frau Becker und Herr Bart sehen ja nicht gerade nach Frühlingsgefühlen aus, oder?"

Nici wirft einen gelangweilten Blick auf unseren Physiklehrer und unsere Kunstlehrerin. „Vivi, ich finde, du machst dir zurzeit viel zu viele Gedanken über die ganzen Erwachsenen um uns herum."

„Mich interessiert halt, wie das bei denen läuft. Oder wie das überhaupt läuft!"

„Wie was läuft?", fragt Nici und knibbelt sich jetzt doch noch ein Stückchen von ihrem Brot bei mir ab.

„Überleg doch mal", fange ich an und drücke Nici den Rest von ihrem Pausenbrot gleich ganz in die Hand. „Herr Bart ist wahrscheinlich voll der Morgenmuffel ..."

„Der ist auch ein Mittagsmuffel und ein Nachmittagsmuffel", unterbricht Nici mich kauend.

„Umso schlimmer!", bekräftige ich. „Neulich hat er wieder einen von seinen grottenhässlichen Pullovern angehabt, und dann hat er Herrn Hinrichs auf dem Flur auch noch von seinem doofen Hobby erzählt: Sport im Fernsehen angucken."

„Echt blöd. Aber was willst du daran ändern?", will Nici wissen.

„Gar nichts. Ich frage mich nur, warum seine Frau sich überhaupt in ihn verliebt hat. Und ob die sich immer noch treu sind."

„Geschieden ist er jedenfalls nicht", meint Nici achselzuckend. „Aber dann müsste er ja nicht so schlechte Laune haben, wenn alles super läuft. Oder hatte der von Anfang an so ein Muffelgesicht und seine Frau hat sich trotzdem in ihn verliebt?"

Nici streicht sich ihre Locken hinter die Ohren. „Vielleicht ist seine Frau ja genauso blöd oder hat auch ganz doofe Hobbys."

„Welche denn?"

„Weiß ich doch nicht, du Schnüffelnase", lacht Nici und wuschelt mir so durch meine dunkelblonden Ponysträhnen, dass meine grüne Häkelmütze verrutscht. „Vielleicht macht sie jeden Nachmittag Tupper-Partys."

„Was soll das denn sein?"

„Ach, so 'ne Hausfrauenveranstaltung, wo alle um eine Salatschüssel sitzen und die Vorteile von dem Plastikzeug besprechen."

Ich greife mir theatralisch ans Herz und schließe die Augen. „Oh nein!", rufe ich. „Wie furchtbar! Dann kann ich die schlechte Laune von unserem armen Physiklehrer aber wirklich verstehen! Hoffentlich wird Herr Bart bald von einer anderen getröstet!"

Nici tippt mir plötzlich auf die rechte Schulter. „Wer soll mich trösten?"

Huch! Seit wann hat Nici so eine tiefe Stimme? Voll böser Ahnung öffne ich die Augen. Nici steht immer noch vor mir und fuchtelt irgendwie komisch mit den Armen in der Luft herum. Ich drehe mich um und stehe direkt vor

Herrn Bart, der mit seinem Muffelgesicht streng auf mich herunterschaut.

„Oh …", stammle ich und werde ungefähr so rot wie der Wein, den Opa gestern bei uns getrunken hat. „Äh – das ist ein Missverständnis. Ein ganz großes Missverständnis!"

„Aha?"

„Ja, also – wir haben gar nicht über Sie geredet!"

„Sondern über einen anderen Herrn Bart?"

„Genau!", rufe ich erleichtert. „Woher wussten Sie das?"

„Ich bin eben euer sehr intelligenter Physiklehrer." Herr Bart zeigt seine Zähne. Ich bin nicht ganz sicher, ob das wirklich ein Grinsen darstellen soll.

„Stimmt absolut!", murmele ich und nicke heftig. Eine Extraportion Schleim kann in meiner Situation bestimmt nicht schaden. Warum klingelt es nicht endlich? Sonst sind die Pausen doch auch immer so schnell rum! Glücklicherweise macht Herr Bart von selbst den Abgang. „Schöne Grüße an Ihren Cousin!", schreit Nici ihm plötzlich hinterher. Ich presse Nici eine Hand auf den Mund und zerre sie Richtung Mädchenklo. Blamiert habe ich mich selbst schon genug, da muss sie ja nicht unbedingt noch eins draufsetzen. Im Waschraum angekommen, prusten wir beide los, bis wir kaum noch Luft kriegen. „Hoffentlich müssen wir den Muffelcousin von unserem Muffelphysiklehrer niemals kennenlernen!", japse ich.

„Hoffentlich heiratet der Muffelcousin von unserem Muffelphysiklehrer eine kleine Muffelfrau, dann kriegen sie viele kleine Muffelkinder!", kichert Nici und hält sich am Waschbecken fest, um nicht zusammenzubrechen.

Als wir uns wieder beruhigt haben, sage ich zu Nici: „Siehst du, genau das meine ich: Eigentlich hätten die Barts zum Beispiel gar keinen Grund gehabt zu heiraten. Er ist muffelig und ihr Hobby sind Plastikschüsseln."

„Vivi, das war nur so 'ne Vermutung von mir!"

„Ist doch egal. Irgendwas Bescheuertes ist bestimmt dran an ihr. Die Frage ist doch: Warum sind den Leuten am Anfang die Sachen egal, an denen sie später die ganze Zeit rummeckern?"

„Du meinst, so wie bei meinen Eltern?"

„Ja, genau!"

Nici überlegt einen Moment lang. Als es gongt, sagt sie: „Ich glaub, ich weiß, warum. Das sind diese Hormone!"

Im nächsten Augenblick öffnet sich eine der Klotüren und Nora und Stefanie schieben sich nach draußen. Was haben die eigentlich zu zweit in einer Klokabine zu suchen?

„Von Hormonen seid ihr beide ja wohl noch weit entfernt!", sagt Stefanie hochnäsig. Nora fügt hinzu: „Ihr benutzt ja noch nicht mal Lippenstift!" Und weg sind sie. Eine süßliche Parfumwolke hängt allerdings immer noch im Waschraum.

„Seit wann kriegt man von Lippenstift Hormone?", schreit Nici den beiden noch hinterher. Wir gucken uns an und verdrehen die Augen. Die sind nicht nur blöd, sondern auch noch blind. Nici und ich haben heute nämlich beide einen hellrosa Lippenstift benutzt, den ich von Nathalie geschenkt bekommen habe und der gut zu meinen grünen Augen passt. Zu Nicis blauen Augen passt er genauso gut. Da hätten die Barbies nur mal genauer hingucken müssen. Aber noch viel wichtiger finde ich, dass Nici gerade einen echten Geistesblitz hatte. In den Pausen lernt man an manchen Tagen irgendwie viel mehr als im Unterricht!

Heute Mittag bin ich als Einzige zu Hause und freue mich, die Wohnküche mal ganz für mich allein zu haben. Nathalie hat länger Schule als ich. Mama ist noch nicht da, weil sie heute den ganzen Tag im Modegeschäft in der City arbeitet, und Papa kommt sowieso nicht vor 19 Uhr aus seinem Büro im Flughafengebäude. Auf der Anrichte neben der Spülmaschine stoße ich auf eine mit Alufolie abgedeckte Kuchenplatte. Mama hat jede Menge Schokomuffins gebacken! Ich nehme mir gleich drei Stück und verziehe mich mit meinem Teller vor den Computer. Mal sehen, ob ich nicht mehr über diese komischen Hormone rauskriegen kann! Sekunden später habe ich mich in eine Suchmaschine im Internet eingeklinkt. Und innerhalb kürzester Zeit weiß ich, dass ein Hormon ein biochemischer Botenstoff ist! Ich nutze gleich mal aus, dass ich gerade so ungestört bin, und klemme mir den Telefonhörer unters Kinn, um Nici anzurufen. Zum Glück ist sie gleich dran.

„Hör mal Nici, hier steht: *Hormone übermitteln innerhalb eines Lebewesens Informationen von einem Organ zum anderen ...*"

Nici gluckst. „Steht da auch, ob Physiklehrer überhaupt zu den Lebewesen zählen?"

„Da müsste ich einen Extra-Suchvorgang starten", sage ich bedauernd. Dann denke ich laut weiter. „Man sagt doch auch immer, dass Liebe blind macht, oder?"

„Ja, den Spruch hab ich auch schon gehört."

„Dann ist doch alles klar!", rufe ich. „Die Hormone lassen alles schön erscheinen! Und die werden halt immer am Anfang von Beziehungen im Körper freigesetzt und übermitteln dann Informationen, die später gar nicht mehr richtig sind!"

„Wie meinst du das?", fragt Nici verständnislos.

„Ganz einfach. Wenn eine Frau einen Mann kennenlernt, der total faul ist, dann findet sie den wegen dieser Hormone am Anfang gemütlich."

„Ach so meinst du das! Und wenn der Mann unmodern rumläuft, denkt die Frau, dass er cool ist, weil er sich nicht so normal anzieht wie andere."

„Genau! Und wenn die Frau den ganzen Tag über Tupper-Schüsseln labert, denkt der Mann wegen der Hormone zuerst, dass die voll spezialisiert ist und beim Thema Plastikschüsseln richtig was drauf hat. Der bewundert sie noch dafür, stell dir das mal vor!"

„Tu ich gerade. Das ist echt krass!"

Einen Moment lang schweigen wir. Ich bin selbst noch ganz von den Socken, dass wir dieses Hormon-Rätsel so locker geknackt haben. Da fällt Nici ein: „Aber vielleicht verstellen sich die Leute ja am Anfang auch! Vielleicht zieht so ein Typ sich in der ersten Zeit besonders modern an und die Frau informiert sich extra über Sport und Politik und so, damit sie ihn nicht mit Plastikschüsseln nervt."

Oh Mann! Da könnte Nici natürlich auch recht haben. Oder es kommt irgendwie beides zusammen. Wenn jemand vorhat, untreu zu sein, wird er das bestimmt auch nicht gerade am Anfang zugeben.

„Du, Nici, irgendwie ist es doch voll gefährlich, überhaupt mit diesem ganzen Beziehungskram anzufangen, findest du nicht?" Nici seufzt. „Man hat auf jeden Fall die besten Chancen, verarscht zu werden."

„Eben! Entweder von dem, in den man sich verknallt hat, oder von den Hormonen. Auf jeden Fall blickt man nicht durch."

Nici überlegt: „Aber man könnte ja auch Glück haben.

Ich meine, es gibt ja auch Paare, die wirklich gut zusammenpassen. Es ist bloß schade, dass das nicht immer so ist."

Mein Kopf arbeitet auf Hochtouren. Konzentriert kaue ich auf meinem dritten Muffin herum. Plötzlich bilde ich mir ein, in meinem Hinterkopf ein leises *Pling* zu hören. Ich sollte unbedingt darauf achten, ob ich dieses nette kleine Geräusch auch während der Klassenarbeiten höre. Denn es scheint die genialsten Ideen des Jahrhunderts anzukündigen!

„Nici?"

„Ja?"

„Ab sofort wird es nur noch Paare geben, die wirklich gut zusammenpassen!"

„Wieso das denn auf einmal?"

„Wir gründen einen Club! Gegen Liebeskummer und um die Liebe zu retten!"

„Einen Liebesretter-Club?", kichert Nici. „Wie soll das denn funktionieren?"

„Ganz einfach: Die Leute sind am Anfang nicht in der Lage zu checken, ob sie wirklich zusammenpassen. Also muss das jemand für sie überprüfen!"

„Und dieser jemand sind wir", kombiniert Nici.

„Richtig! Und Oma Hilde ist unser erster Fall!"

Bevor ich mich mit Nici weiter in die Einzelheiten dieser Jahrhundertidee vertiefen kann, höre ich, wie Nathalie nach

Hause kommt. Sie knallt die Haustür zu und verschwindet laut schluchzend in ihrem Zimmer.

„Du, Nici", sage ich erschrocken, „ich muss Schluss machen – wir reden später weiter."

Schnell laufe ich zu Nathalies Zimmertür und klopfe leise an. Als keine Antwort kommt, drücke ich vorsichtig die Klinke herunter und rechne vorsichtshalber mit einem sofortigen Rausschmiss. Aber Nathalie liegt auf ihrem Bett und schluchzt so, dass es sie richtig durchschüttelt. „Was ist denn passiert?", frage ich besorgt. Ich setze mich auf die Bettkante und streichle Nathalie über die Haare. Irgendwie komme ich mir so vor, als wäre ich plötzlich die große Schwester und Nathalie das kleine Mädchen, das getröstet werden muss. Eigentlich hätte ich sowieso gerne noch eine kleine Schwester. Oder einen kleinen Bruder. Nathalie setzt sich halb auf. Ihre Wimperntusche ist völlig zerlaufen und auch ihre Nase läuft. „Jan ...", stammelt sie und heult weiter.

„Oh Gott, was ist denn mit ihm?", frage ich erschrocken. Sofort denke ich an tausend Sachen, die passiert sein könnten. Ist er vor ein Auto gelaufen? Hat ein Basketball ihm das Nasenbein gebrochen? Hat Nathalie ihm versehentlich das Nasenbein gebrochen?

„Hast du ihm das Nasenbein gebrochen?"

Nathalie hört für zwei Sekunden auf zu schluchzen

und schaut mich verblüfft an. „Leider nicht!" Und dann schluchzt sie weiter.

Hä? Leider nicht? Ist das normal, dass man seinen Angebeteten gerne mit gebrochener Nase sehen würde, wenn man seit acht Wochen heiß verliebt ist? „Ich mach mal einen Tee", sage ich vorsichtig. „Bin gleich wieder da."

Mama hat zig Dosen mit Tee auf dem Regalbrett über der Spüle gelagert. Ich krame ein paar Sorten hervor. Jetzt ist Fingerspitzengefühl gefragt! Ein Tee für mehr Energie und Antriebskraft? Passt nicht wirklich. Ein Tee für Harmonie und Wohlbefinden? Klingt schon besser. Kamillentee? Igitt, da fühlt man sich ja schon krank, wenn man die Teebeutel sieht. Dann lieber Harmonie und Wohlbefinden. Während im Wasserkocher das Teewasser heiß wird, stelle ich zu den beiden gelben Henkeltassen mit Herzchenmuster noch rasch einen Teller mit Schokomuffins.

Vorsichtig bugsiere ich schließlich das Tablett mit dem dampfenden Tee in Nathalies Zimmer und stelle es auf ihrem Schreibtisch ab. Mittlerweile liegen acht benutzte Taschentücher auf dem Bett. Immerhin hat sie aufgehört zu schluchzen! Schweigend reiche ich ihr eine Teetasse rüber. „Schade, dass ich vorhin kein heißes Getränk zur Hand hatte", stößt sie plötzlich bitter hervor. „Das hätte ich denen zu gerne ins Gesicht geschüttet!"

„Warum? Was ist passiert?"

„Jan hat dieser Silvia vom Volleyball die Zunge in den Hals gesteckt! Dieser Scheißkerl!"

„Die Zunge in den Hals?" Mann, ist das eklig! Musste diese Silvia sich nicht sofort übergeben? Ich will gerade den Mund aufmachen und fragen, warum Jan das denn bloß gemacht hat, als mir noch rechtzeitig einfällt, dass Nathalie wahrscheinlich von einem Zungenkuss redet. Zungenkuss?

„Jan geht fremd???"

„Du hast es erfasst, Vivi", murmelt Nathalie düster.

„Dieser Arsch! Was fällt dem ein? Wo er doch mit meiner tollen Schwester zusammen ist!"

„Zusammen war", korrigiert Nathalie mich und fängt wieder an zu schluchzen.

Ich bin total empört. Und außerdem kann ich es nicht sehen, wenn meine Schwester weint. Da könnte ich direkt mitheulen. „Warum sollte er denn diese Silvia nehmen, wenn er doch dich haben kann?"

Nathalie putzt sich die Nase. „Du bist lieb, Vivi. Ich hab keine Ahnung, was in Jan vorgeht. Und er hält es nicht mal für nötig, mir irgendwas zu erklären! Ich weiß nur, dass Silvia sportlicher ist als ich. Und einen Kopf größer."

Aha, denke ich mir, wahrscheinlich hatte der Typ doch schon Rückenschmerzen und wollte es nur nicht zugeben. Aber so geht man trotzdem nicht mit meiner Schwester um! Und weil mein Denkapparat heute so gut in Form ist, schlängelt sich schon die nächste Idee durch meine Gehirnwindungen. „Kannst du mir mal eben die Nummer von Jan geben?", frage ich.

„Wieso das denn?"

„Lass dich überraschen, okay?"

Nathalie rückt ohne größere Widerstände Jans Handynummer raus. Ich wähle schnell, bevor der Mut mich verlassen kann. Jan geht fast sofort ran. „Hallo, Jan, hier ist Vivien, die Schwester von Nathalie. Wir waren gerade beim Arzt. Nathalie kann leider nicht sprechen mit ihrem geschwollenen Hals. Ich will dir nur sagen, dass Nathalie Scharlach hat. Und zufällig haben wir von der Sprechstundenhilfe auch die Ergebnisse von Silvia erfahren. Die hat eine Mandelentzündung. Beides ist sehr ansteckend und wird durch Speichel übertragen. Wollte ich dir nur sagen, damit du aufpassen kannst und nicht die nächsten acht Wochen flachliegst. Alles klar?"

„Scheiße!", höre ich Jan ausrufen. Grinsend lege ich auf. Nathalie hat mitgehört und wir fallen uns in die Arme.

„Dass der so doof ist, das zu glauben!", wundert sich Nathalie. Immerhin konnte sie sich für einen Moment ein Grinsen nicht verkneifen. Das war die Aktion schon wert, auch wenn Jan sicher bald rausfinden wird, dass an der Sache nichts dran ist.

Später am Nachmittag bekommt Nici noch eine SMS von mir: *Den zweiten Fall haben wir auch schon: Nathalie!*

Ich bin so froh, dass ich in niemanden verknallt bin! Wohin das führt, habe ich ja heute hautnah miterleben dürfen. Nein danke!

Die Liebesretter legen los

Endlich Wochenende! Ich freu mich total, dass Nici heute mal wieder bei mir übernachtet. Wir haben so viel zu besprechen – das würde sonst ein Endlostelefonat werden! Nici hat ihre Luftmatratze und ihren Schlafsack schon neben meinem Bett ausgerollt, aber schlafen werden wir noch lange nicht. Meine Mutter hat uns ein Tablett mit Käsebroten, Gewürzgurken und Vanilleschnitten mitgegeben. Mama und Papa essen heute mal allein. Nathalie sitzt schon seit Stunden in ihrem Zimmer. Sie hat unseren Eltern nichts von ihrem Liebeskummer erzählt, weil sie sich keine Kommentare dazu von ihnen anhören will. Die hatten an Jan nämlich gleich was auszusetzen. Aber sie hört schon zum ungefähr fünfunddreißigsten Mal hintereinander *Hold me* von Maria Mena. In den Sportverein ist sie auch nicht gegangen. Wer keine gefühlsmäßige Tiefkühltruhe ist, kann auch so drauf kommen, was mit ihr los ist. Aber meine Eltern scheinen den Kopf gerade mit anderen Dingen voll zu haben. Mama hat heute nur gefragt: „Warum gehst du nicht zum Sport?"

Nathalie hat sie angefaucht: „Ich geh nie wieder in den Sportverein!"

Und statt zu fragen, warum, hat Papa sich gleich eingeschaltet und ganz oberlehrerhaft gemeint, dass er dafür aber nicht jeden Monat die Kohle an den Verein überweist. Nathalie hat bloß die Tür hinter sich zugeknallt, was ich gut verstehen konnte. Ich würde auch echt gerne was für sie tun, wenn ich nur wüsste, was! Wahrscheinlich kann man nur in Zukunft verhindern, dass ihr so was Fieses noch mal passiert. Genau darum wird sich der Liebesretter-Club nämlich kümmern!

„Wer soll eigentlich in unserem Club alles mitmachen?", fragt Nici und nimmt sich eine Vanilleschnitte.

Wir lümmeln gemütlich auf meinem Bett rum, aber jetzt lehne ich mich doch mal zu meinem Schreibtisch rüber, um mir einen Schreibblock und einen Kuli zu angeln. „Gute Frage", grüble ich und nage an dem Stift. „Wie wär's mit Laura?"

„Die trainiert doch fast jeden Nachmittag fürs Ballet – die hat gar keine Zeit dafür."

„Was ist mit Anna und Katrin?"

Nici verzieht den Mund. „Die sind schon nett. Aber bei denen in der Familie ist alles so normal und in Ordnung. Die finden unsere Idee vielleicht voll blöd oder so."

Ich streiche die drei Namen auf meinem Blatt wieder und denke nach. „Weiß du was, Nici? Wir fangen erst mal zu zweit an. Dann kann uns keiner reinreden."

„Und es kann keiner blöd tratschen!", ruft Nici.

„Stimmt! Es darf eigentlich sowieso keiner mitkriegen, was wir vorhaben. Sonst können sich die Leute, die wir überprüfen wollen, ja gleich wieder verstellen."

„Was sollen wir eigentlich überprüfen?"

„Also ganz superwichtig ist, ob jemand treu sein kann."

„Aber wir wollen die Leute doch überprüfen, bevor sie ein Paar werden, oder?"

Ich schiebe mir ein Kissen in den Rücken. „Klar. Aber man kann ja schon mal gucken, ob ein Typ mehrere Mädchen anbaggert oder ob er sich auf eine beschränkt, mit der er wirklich gerne zusammen sein will!"

„Stimmt. Miss Superhirn ist heute voll auf Draht, was?", grinst Nici.

„Das liegt an den Vanilleschnitten – gutes Futter für Hirnzellen! Willst du auch noch eine?"

„Danke, ich bin schon schlau genug."

„Du hast bloß Angst vorm Fettgehalt", lache ich und werfe Nici mein Kissen an den Kopf.

„Essgewohnheiten!", quiekt Nici. „Schreib das auf! Die müssen auch zusammenpassen!"

„Find ich nicht! Wir mögen doch auch nicht immer das gleiche Essen", wende ich ein.

„Wir essen ja auch nicht jeden Tag zusammen", erklärt Nici. „Du hättest mal meine Mutter erleben sollen, wie die ausgeflippt ist, wenn Papa was nicht geschmeckt hat, das sie gekocht hatte!"

„Okay, der Punkt ist gebongt!", stimme ich zu. Ich find's ja auch immer ziemlich eklig, wenn der Rest meiner Familie Fleisch isst, und ich weigere mich sogar, von der Bratensauce zu nehmen.

Aus Nathalies Zimmer nebenan ertönt auf einmal *Miles away* von Madonna und ich muss kurz an Jan denken. „Körpergröße!", rufe ich und schreibe den Stichpunkt gleich auf. „Damit keiner vom Küssen Rückenschmerzen kriegt."

„Rückenschmerzen?" Nici tippt sich kichernd an die Stirn „Du meinst wohl Lippenschmerzen!"

„Nee, mein ich nicht!" Ich klettere vom Bett und setze meinen alten, hellbraunen Teddy auf meinen Schreibtischstuhl. „Stell dich mal hin", fordere ich Nici auf. Brav steht sie auf. „Und jetzt bück dich runter zum Teddy und küss ihn!"

„Ich liebe deinen Teddy aber doch gar nicht!" Nici bricht schon wieder fast zusammen vor Lachen.

„Dann stell dir vor, dass es Tobias ist!"

„Sehr witzig", knurrt Nici. Wenigstens bückt sie sich.

„Und jetzt bleib mal 'ne Minute so, ja?"

„Wie lange noch?", will Nici nach 15 Sekunden wissen. „Ich krieg langsam Rückenschmerzen."

„Sag ich doch!"

„Ich glaub, du spinnst!", giggelt Nici. „Ich verlieb mich doch nicht in einen, der mir nur bis zur Hüfte geht!"

„Du vielleicht nicht – aber wer weiß, was passiert, wenn die Hormone erst mal richtig zuschlagen!"

Lachend lassen wir uns aufs Bett fallen. Eine halbe Stunde später haben wir uns darauf geeinigt, dass auch die Hobbys, das Aussehen, der Musikgeschmack und die Sternzeichen der Paare zusammenpassen sollten. Nici fällt ein, dass sie zu Hause ein Buch hat, in dem man im Anhang nachschlagen kann, welche Sternzeichen gut zueinanderpassen.

„Das Buch brauchen wir unbedingt für unseren Club!" Ich bin Feuer und Flamme.

„Was brauchen wir eigentlich sonst noch?", überlegt Nici.

„Nicht viel", finde ich. „Wir müssen vor allem die Augen und Ohren offen halten und vielleicht Listen schreiben: Sachen, die okay sind und passen, und Sachen, die überhaupt nicht passen. Ich glaube nicht, dass wir uns das alles so merken können. Außerdem müssen wir den Leuten ja am Ende zeigen, was wir herausgefunden haben."

„Super!", sagt Nici mit leuchtenden Augen. „Dann gründen wir jetzt den Club."

„Okay, wir brauchen nur noch irgendwas Symbolisches ..." Ich lasse meine Blicke durchs Zimmer schweifen. Irgendetwas Brauchbares muss es da doch geben. Und schon habe ich es entdeckt – das Puzzle, das ich letztes Jahr fertiggepuzzelt habe. Das Motiv ist ein Bild des Malers Gustav Klimt und heißt *Der Kuss*. Schnell ziehe ich es hervor und nehme zwei Puzzleteilchen heraus. Und zwar an einer Stelle, an der das abgebildete Paar so richtig schön ineinander verschlungen ist.

„Gibst du mir mal den Kleber?"

Nici angelt die Klebetube vom Schreibtisch und ich greife nach einer der Postkarten, die sich neben meiner Perlenkiste stapeln. Vorne ist ein Pärchen auf einem Sandstrand abgebildet – perfekt! Auf die Rückseite der Postkarte klebe ich die Puzzleteile. Dann loche ich die Karte, ziehe ein Stück Geschenkband durch und hänge das Ganze an die Klinke meiner Zimmertür.

„Unser Clubschild!", grinst Nici.

„Du hast es erfasst, liebste Nici! Wir suchen nach den perfekt zueinanderpassenden Puzzleteilchen – alles andere hat keinen Sinn."

„Nur Prinzen und Prinzessinnen!", ruft Nici und wirft ihr Kissen in die Luft.

Das bringt mich prompt auf die nächste Idee. „Wir haben sogar eine spezielle Clubnahrung!"

„Hast du etwa Liebesäpfel im Schrank versteckt?"

„Die gibt's doch bloß auf der Kirmes. Ich hab was Besseres – das kann man das ganze Jahr über essen!"

Ich habe nämlich dafür gesorgt, dass es bei mir immer einen Vorrat an Süßigkeiten gibt. Könnte ja sein, dass Mama mal keine Lust hat, was Leckeres zu backen. Ich hüpfe zu meinem Schrank rüber. „Mach die Augen zu, Nici!"

„Und jetzt fühl mal!", fordere ich sie auf. „Was ist das?"

„'Ne Keule, falls jemand aufdringlich wird?"

Ich pruste los. „Falsch!"

Nici öffnet die Augen. „Eine Prinzenrolle – genial!"

Zur Feier des Tages öffnen wir die Packung und ich lutsche genüsslich die leckere Schokocreme zwischen den beiden Kekshälften heraus. Auch Nici hat für einen Augenblick vergessen, dass sie ja eigentlich abnehmen will.

„Ich bring Nathalie auch ein paar Kekse rüber", überlege ich laut. „Besser Prinzenrollenkekse als falsche Sportprinzen, oder?"

Nici nickt. „Vielleicht hat sie ja auch schon jemand anderen, den sie gut findet? Den könnten wir dann gleich überprüfen!"

Kurz darauf stehen wir mit einem Teller bewaffnet vor Nathalies Tür. Nathalie hört unser Klopfen erst beim dritten Mal. Jetzt hört sie nämlich *Pink*, und zwar in voller Lautstärke. „Ist wahrscheinlich ein gutes Zeichen", überlege ich.

„Stimmt", bestätigt Nici. „Wenn sie nicht mehr die Schmalzlieder hört, ist sie vielleicht schon in der Wutphase angekommen."

„Was für 'ne Wutphase?"

Nici liest ständig Mädchenzeitschriften. Sie hält mir einen kurzen Vortrag darüber, dass man bei Liebeskummer mehrere Phasen durchmachen muss. Erst kommt die Trauer, dann die Wut und dann noch so einiges, was man bewältigen muss. Das hat jedenfalls die Psychotante der Zeitschrift einem Mädchen erklärt, das per E-Mail gefragt hatte, wann sie denn endlich wieder besser drauf sein würde. Ihr Schwarm hatte auf einer Schulparty mit einer anderen angebandelt. Und diese Schulparty war schon fünf Wochen her.

„Ich geh ohne Liebeskummer durchs Leben, das schwöre ich dir!", sage ich grimmig. „Erst Trauer, dann Wut? Das ist doch alles total schrecklich!"

Nathalie macht endlich die Tür auf. Ihre Augen sehen schon nicht mehr ganz so verheult aus. Ich strecke ihr den Teller mit den Keksen entgegen. „Hier! Nahrung für Prinzessinnen!"

„Danke – aber jetzt auch noch fett werden, das wär echt das Letzte!", wehrt Nathalie ab.

„Du kannst doch nicht wegen so einem Blödmann hungern!", rufe ich empört.

„Ich hungere ja gar nicht", stellt Nathalie richtig. „Aber wenn du mir unbedingt was zu essen vorbeibringen willst, dann bring mir Paprikastreifen, Möhrenschnitze oder Apfelhälften, okay?"

„Wie du meinst."

Mann, ist meine Schwester konsequent! Die wird den Sport bestimmt schon bald vermissen. Aber dass die paar Kekse ihr schaden würden, ist ja wohl pure Einbildung. Egal – Hauptsache, es geht ihr wieder besser. Die Prinzenrolle können Nici und ich auch allein verputzen. Zum Gemüseschnippeln werde ich mich aber doch erst in die Küche stellen, falls es Nathalie wieder schlechter gehen sollte.

Meine Eltern sagen Bescheid, dass sie in einer Kneipe um die Ecke noch ein Glas Wein trinken gehen. Super! Nici und ich haben also die Wohnküche für uns. Mit zwei Wolldecken bewaffnet, machen wir es uns auf dem Zebrafellsofa gemütlich, schalten den Fernseher ein und gucken eine Soap.

„Nur Betrug und Rumgeheule", meckert Nici nach einer Weile. Tatsächlich – die Hauptdarstellerin ist von ihrem

Freund belogen und betrogen worden und das auch noch mit ihrer besten Freundin! Jetzt ist sie natürlich total fertig und hat noch nicht mal ihre Freundin, um mit der darüber zu reden. Dann stellt sie auch noch fest, dass sie von ihrem Freund schwanger ist, und weiß nicht, ob sie's ihm sagen soll. Einerseits will sie ihn zurückhaben, andererseits ist sie verletzt, und eifersüchtig ist sie sowieso.

Auf einmal wird mir klar, dass sich die halbe Welt um Liebeskummer dreht! Irgendwie scheint es viel wahrscheinlicher zu sein, dass alles schiefgeht, als dass es gut läuft!

„Stell dir mal vor, Nici", sage ich mit leichtem Schaudern. „Man kann sich in einen verlieben, der schon vergeben ist."

„Dann hat man natürlich die Arschkarte gezogen", grummelt Nici.

„Oder man kann sich in einen verlieben, der einen gar nicht zurückliebt!"

„Auch nicht besser. Außerdem könnte sich einer in dich verlieben, den du nicht willst. Und dann bist du ständig auf der Flucht!"

„Ich glaub, wenn genug Leute das alles mal kapiert haben, dann stirbt die Menschheit aus", murmele ich düster vor mich hin.

„Nee!" Nici kichert leise in sich hinein. „Dafür gibt's ja die Hormone! Die Leute kriegen erst mal Kinder und merken dann hinterher, mit wem sie die eigentlich gekriegt haben und dann ..."

„... dann trennen sie sich einfach", vervollständige ich Nicis Satz.

Mit einem tiefen Seufzer schalte ich um. „Diesen ganzen Herzschmerz muss ich mir nicht länger im Fernsehen angucken, den hab ich schließlich in der eigenen Familie", verkünde ich.

„Lass uns doch noch Eiskunstlauf anschauen", schlägt Nici vor. Gute Idee! Ich find's wunderschön, wie die Paare zur Musik übers Eis gleiten, elegant und fantasievoll. Ob die auch miteinander knutschen oder sogar verheiratet sind, spielt da ausnahmsweise gar keine Rolle. Hauptsache, sie kriegen nach dem harten Training ihre Show hin und beweisen, was sie können!

Als meine Eltern wieder nach Hause kommen, rappeln Nici und ich uns auf und schlurfen Richtung Badezimmer. Allmählich bin ich schon fast zu müde zum Zähneputzen. Aber nach den Schokokeksen komme ich da wohl nicht drum herum. Schwesterlich teilen Nici und ich uns einen rosa-weißen Klecks Zahnpasta.

Mit viel Schaum vorm Mund nuschelt Nici: „Vielleicht schollten wir auch verschuchen rauschzukriegen, ob die Leute die gleiche Zahnpaschta mögen – dann bräuschten schie nur eine Tube im Bad!"

Grinsend lege ich meine Jeans und mein Sweatshirt auf den Wäschetrockner und ziehe mein knielanges T-Shirt-Nachthemd über den Kopf. Nici streift sich ihren blau-weiß gepunkteten Schlafanzug über. In meinem Zimmer krabbelt sie umständlich in ihren Schlafsack und dreht und wendet sich so lange hin und her, dass sie schließlich aussieht wie eine Wurst in der Pelle. Ich strecke mich genüsslich unter meiner Bettdecke aus und bin plötzlich wieder munterer als vorhin vor dem Fernsehapparat.

„Jetzt haben wir Nathalie doch nicht mehr gefragt, ob sie schon einen neuen Schwarm im Auge hat", fällt Nici ein, als sie endlich still liegt.

„Kann nach zwei Tagen eigentlich noch gar nicht sein, oder?", finde ich. „Schließlich war Nathalie total verliebt in Jan."

Wie schnell kann man sich eigentlich entlieben? Etwa genauso schnell wie man sich verliebt? Wohl eher nicht! Sonst wären all die Zeitschriften ja nicht so voll mit Tipps, wie man die Trauerphase und die Wutphase in den Griff kriegt. Außerdem könnte man dann gleich auf die Welt kommen mit einem Knopf auf der Stirn, mit dem sich diese hormonverwirrten Gefühle an- und ausschalten lassen wie mit einem Lichtschalter.

„Ich mach mal das Licht aus, ja?", murmele ich gedankenversunken.

„Hm", macht Nici schläfrig.

Als ich gerade wegdämmern will, ertönt noch mal Nicis Stimme aus dem Dunkeln. „Ist dir eigentlich schon mal dieser Moritz aus der 8 b aufgefallen?"

„Aus der 8 b? Nee, kenn ich nicht."

„Meistens wird er von allen nur Mo genannt."

„Und was soll mit dem sein?"

„Der sieht total süß aus."

Plötzlich bin ich wieder hellwach. „Was soll das denn heißen?"

„Nichts!"

„Wieso sagst du's dann?"

„Weil er halt voll gut aussieht! Blonde Haare, coole Frisur, blaue Augen ..."

Höre ich da etwa schmachtende Töne von meiner besten Freundin? Ich fühle mich irgendwie alarmiert, so als würde ein kleiner elektrischer Draht in meinem Kopf anfangen zu vibrieren und zu summen.

„Neulich hat er mich voll süß angelächelt, als mir vorm Getränkeautomaten mein Kleingeld runtergefallen ist."

„Was gibt's denn da zu lächeln, wenn einem das Geld runterfällt?", frage ich genervt.

„Ich fand's nett!"

„Hat er dir wenigstens beim Aufsammeln geholfen?"

„Ja. Dabei hat er ja dann so süß gelächelt."

Ich bin verwirrt. Warum schwärmt Nici auf einmal von diesem Mo? Haben wir heute nicht ausführlich darüber gesprochen, dass es eigentlich nur schiefgehen kann, wenn man nicht aufpasst, in wen man sich verknallt?

„Du klingst ja schon richtig verknallt!", beschwere ich mich.

„Wir können den ja mal überprüfen und eine Clubliste für ihn anlegen, okay?", bittet Nici.

„Mal sehen", sage ich unschlüssig. „Jetzt ist erst mal 'ne Rettungsaktion für Opa Jens dran! Wir müssen Oma Hilde unbedingt beweisen, dass dieser blöde Jan-Horst nichts für sie ist!"

„Na gut", murmelt Nici. Dann dreht sie sich um und zwei Minuten später höre ich sie tief und gleichmäßig atmen. Ich liege noch eine Weile wach und starre in die Dunkelheit. Es passt mir irgendwie gar nicht, dass Nici jetzt schon anfangen will, sich nach ihrem ersten Freund umzugucken. Erstens hat sie ja wohl mich, wozu braucht sie da noch einen Freund? So richtig verknallt ist sie doch sowieso bis jetzt in keinen. Zweitens will ich nicht die nächste Heulsuse am Hals haben, wenn dann alles schiefgeht. Am Ende muss Nici noch die Schule wechseln! Immerhin geht dieser Moritz auch auf unsere Schule. Wenn er in die 8 b geht, benutzt er sogar denselben Gebäudeeingang wie wir! Nathalie kann ihren Sportverein ja schwänzen, wenn es sein muss. Aber die Schule schwänzen? Das geht doch höchstens mal für einen Tag! Schließlich tröste ich mich mit dem Gedanken, dass unser Liebesretter-Club ab morgen bestimmt alle Hände voll zu tun haben wird, und dann hat Nici diesen komischen Mo hoffentlich ganz schnell vergessen.

Schulhofcheck und Schwesternschreck

Als wir am Montagmorgen verschlafen nebeneinander im Schulbus sitzen, bin ich froh, dass Nicis erster Gedanke heute nicht Mo gilt. Zumindest erwähnt sie nichts in dieser Richtung. Am besten lenke ich sie gleich mal ab, bevor sie überhaupt auf Mo kommen kann. Schließlich kann Nathalie die Hilfe unseres Clubs jetzt dringend gebrauchen!

„Was hältst du davon, auf dem Schulhof heute nach jemandem Ausschau zu halten, der zu Nathalie passen würde?"

„Machen wir!", willigt Nici sofort ein. „An ihrer Schule scheint es ja nicht gerade die tollsten Traumtypen zu geben." Dann gähnt sie und fügt hinzu: „Obwohl Nathalie bestimmt noch nicht so weit ist. Schließlich hat Jan erst vor ein paar Tagen Schluss gemacht. Du weißt ja, die Wutphase ..."

„Das werden wir sehen“, antworte ich entschlossen. Schließlich müssen Zeitschriften nicht immer recht haben, oder?

Auf dem Weg zum Schulgebäude fällt mir die Raucherecke hinter der Sporthalle ein. Da sind Nici und ich noch nie während der Pause gewesen, weil sich immer die Älteren dort aufhalten. Nur einmal haben wir nachmittags geguckt, wie es da aussieht. Besonders toll war es nicht gerade. Rund um einen Abfallcontainer lagen lauter Kippen und außer einem baufälligen Bretterzaun gibt es in der Ecke überhaupt nichts zu sehen. Abgesehen von Jungs natürlich! Die Mädchen rauchen an unserer Schule nämlich meistens heimlich auf dem Schulklo.

„Raucher sind bestimmt schnell aus der Puste“, gibt Nici zu bedenken. „Und Nathalie will doch einen sportlichen Jungen, oder nicht?“ Nachdenklich kaue ich auf meiner Unterlippe herum. „Stimmt. Aber mit einer Sportskanone hat sie ja gerade erst einen Reinfall erlebt. Und Nathalie hat mir selbst mal erzählt, dass die meisten Leute in ihrer Stufe nur paffen und nicht so richtig auf Lunge rauchen. Irgendwie bilden die sich ein, damit cooler zu wirken.“

„Na ja“, meint Nici, „wenn wir wirklich Nathalies Traumtypen aufgabeln, hört der ja hoffentlich freiwillig mit dem Rauchen auf. Hast du eigentlich ein Foto von deiner Schwester dabei?“

„Wozu das denn?"

„Damit wir es an der richtigen Stelle liegen lassen können – mit Telefonnummer hinten drauf. Sonst weiß der Junge, den wir aussuchen, am Ende gar nicht, was er machen soll."

„Zuerst müssen wir jemanden finden, dann sehen wir weiter", bremse ich Nici.

Kaum ertönt heute der Gong zur ersten großen Pause, ziehe ich Nici eilig mit mir. Wenn wir nämlich erst Lara, Anna oder Katrin erklären müssen, warum wir heute nicht im vorderen Teil des Schulhofs bleiben, ist die Pause rum, bevor wir irgendetwas herausgefunden haben.

Erst kurz vor der Sporthalle verlangsamen wir unsere Schritte.

„Hast du ein benutztes Taschentuch bei dir?"

Nici glotzt mich verständnislos an. „Ich kann dir auch gerne ein frisches geben!"

„Ja, okay, das geht auch", sage ich. Nici kramt ein Taschentuch hervor und ich knülle es zusammen. „Wir brauchen doch etwas, das wir in diesen Müllcontainer hinter der Sporthalle schmeißen können! Sonst haben wir ja gar keine Ausrede, warum wir in der Raucherecke aufkreuzen."

Nici runzelt die Stirn. „Ist nicht glaubwürdig – es gibt doch genug Abfallkörbe auf dem Schulhof. Da brauchen wir schon eine richtige Mülltüte. Komm mit!"

Nici biegt in den Eingang zum Oberstufentrakt ein. „Wir suchen uns ein Klassenzimmer, aus dem wir den Müll mitnehmen können", erklärt sie. Zuerst werden wir zwar fast niedergetrampelt, so viele Schüler kommen uns jetzt zu Pausenbeginn entgegen. Dafür stoßen wir schon im ersten Gang links auf den Raum der 11 c, in dem sich keine Schüler mehr aufhalten. Hier entdecken wir auch einen Abfalleimer, der fast überquillt vor Müll. Mit spitzen Fingern nehme ich die Tüte aus dem Plastikbehälter und knote die Enden oben zusammen. „Das Entsorgungskommando kann sich auf den Weg machen", grinst Nici. Tatsächlich fühle ich mich jetzt auch besser ausgerüstet.

Schwungvoll biegen wir um die Ecke der Sporthalle und steuern in der Raucherecke auf den Müllcontainer zu. Dummerweise ist er mit einer Kette gesichert und lässt sich keinen Zentimeter weit öffnen. „Was soll denn der Quatsch", beschwert Nici sich. „Welchen Sinn hat ein Müllcontainer, in den man keinen Müll werfen kann?"

Ratlos lasse ich die Tüte sinken, während wir von vier Jungs aus der Oberstufe etwas misstrauisch gemustert werden. Schnell checke ich, ob sie von der Größe her zu Nathalie passen würden. Einer ist genauso groß wie Jan, also ungefähr 3 Köpfe größer als meine Schwester. Der scheidet schon mal sofort aus. Bei den anderen dürfte es mit der Größe hinkommen.

„Der Kindergarten ist eine Tür weiter", sagt jetzt ein Typ in Jeans und dunkelblauem T-Shirt und zieht an seiner Zigarette. Seine Freunde grinsen. Ich würde am liebsten sofort verschwinden. Aber Nici stemmt empört die Hände in die Hüften. „Gut zu wissen, dass ihr euch mit Kindergärten auskennt. Dann geht's bei euch übers Händchenhalten wohl auch nicht hinaus."

Ich laufe rot an. Das klingt ja so, als wollte Nici hier im Schnellverfahren Jungs anbaggern! Prompt kommt der Typ einen Schritt näher. „Willst du etwa einen Zungenkuss?", fragt er und grinst noch breiter. Dann schiebt er auch noch seine Zungenspitze über die Unterlippe, sodass man sein silbernes Zungenpiercing in der Sonne aufblinken sieht. „Igitt!", sage ich entsetzt. Nici zieht nur cool die Augenbrauen hoch. „Bist du zu doof, einen Dosenöffner zu benutzen, oder warum hast du Metall an der Zunge hängen?"

Der Oberstufenschüler guckt jetzt ein bisschen blöd aus der Wäsche, während seine beiden Kumpels sich dermaßen kaputtlachen, dass man meinen könnte, sie wären in unserer Stufe. So groß ist der Unterschied zu den albernen Jungs in unserer Klasse nicht, wie ich feststellen muss.

„Lass uns abhauen", zische ich Nici zu. Wir drehen uns um und verschwinden um die Ecke.

„Mann, waren die ätzend!", stößt Nici hervor. Ich nicke zustimmend. „Wir können noch einen Punkt auf die Club-

Liste setzen: Der perfekte Junge sollte nämlich unbedingt auch nett zu kleinen Schwestern sein. Ich hole mir doch keinen Schwesternschreck ins Haus, wenn ich schon selber den passenden Jungen für Nathalie aussuche!"

Nici fängt plötzlich an zu kichern und zeigt auf die Mülltüte.

Die halte ich dummerweise immer noch in der Hand.

„Das war echt eine Begegnung für die Mülltonne!", lacht sie. Mir vergeht das Lachen in dem Moment, als ich unseren Hausmeister aus der Sporthalle kommen und auf uns zusteuern sehe. Mit gerunzelter Stirn fragt er: „Was soll das?"

„Was soll was?", fragt Nici frech zurück. Mir schwant nichts Gutes. Herr Krawutzki ist schlecht gelaunt und will jetzt wissen, was wir mit dem Müll vorhaben.

„Eigentlich nichts", antworte ich.

„Interessant", sagt Hausmeister Krawutzki. „Dann muss ich davon ausgehen, dass ihr damit Unfug vorhabt. Womöglich ist das Zeug von euch zu Hause und ich darf es nachher aus den Blumenbeeten klauben. Da habe ich erst letzte Woche Bananenschalen gefunden!"

„Quatsch!", ruft Nici empört. „Der Müll ist aus der 11 c! Und wir hätten die Tüte ganz normal weggeworfen, wenn der Container drüben nicht abgesperrt wäre!"

Herr Krawutzki grunzt ungehalten. „Wir haben hier an der Schule ein Mülltrennungskonzept! Hat sich das noch nicht rumgesprochen? Damit hat der Container nichts zu tun. Und wenn ihr kleinen Kröten schon in der elften Klasse seid, dann fress' ich 'nen Besen!" Herr Krawutzki nimmt mir die Tüte aus der Hand und dreht und wendet sie. „Mandarinenschalen, Apfelreste, Joghurtbecher, Silberpapier von einer Schokoladentafel, Papierschnipsel, benutzte Taschentücher", zählt er auf. „Mülltrennung ist für euch wohl ein Fremdwort!"

„Nicht wir sind in der elften Klasse, sondern der Müll ist aus der elften Klasse ...", setzt Nici zu einer neuen Erklärung an. Aber Herr Krawutzki interessiert sich jetzt für keine weiteren Erklärungen. Außerdem habe ich das sichere Gefühl, dass er uns sowieso kein Wort glaubt. Stattdessen raunzt er uns an: „Mitkommen." Nici und ich verdrehen die Augen, setzen uns aber brav in Bewegung. Herr Krawutzki läuft mit uns im Schlepptau quer über den Schulhof bis zu den Mülltonnen neben den Fahrradständern.

„Papier, Biomüll, Kunststoff, Restmüll!", sagt er. Dann legt er die Mülltüte vor uns auf den Boden und reißt sie auf. „Sortieren und korrekt wegwerfen – ich überprüfe das nachher!" Mit diesen Worten macht er kehrt und lässt uns vor dem unappetitlichen Müllhäufchen zurück.

Nici verzieht angeekelt das Gesicht: „Ohne Gummihandschuhe fasse ich das Zeug schon mal gar nicht an."

Zu allem Überfluss schlendern jetzt auch noch Nora

und Stefanie an uns vorbei. Offenbar waren sie beim Bäcker in der Parallelstraße. Das ist eigentlich verboten, aber jetzt ist Herr Krawutzki ja leider schon verschwunden. „Ach, habt ihr einen neuen Nebenjob?", fragt Stefanie und fährt sich affig durch die Haare. „Glückwunsch", fügt Nora hinzu, „Mülltrennung passt irgendwie zu euch."

Ich koche innerlich vor Wut. Hoffentlich weiß Nathalie am Ende die Mühe zu schätzen. Dieser ganze Jungscheck ist nervenaufreibender als gedacht! Nici ignoriert die beiden Zicken und schaut auf ihre Armbanduhr. „Wir haben ungefähr noch drei Minuten, bis die Englischstunde anfängt." Sie lässt ihren Blick schweifen und läuft plötzlich ein paar Schritte nach vorn. Am Zaun neben dem Eingangstor hat sich eine Plastiktüte verfangen, die Nici jetzt vorsichtig befreit. Kurz darauf haben wir den Müllhaufen mit unseren Schuhspitzen in die Plastiktüte geschoben. Dann düsen wir über den Schulhof zum Trakt der Oberstufe, bis wir etwas atemlos beim Klassenraum der 11 c ankommen. Ich stoße die Tür auf. Leider hat sich die Hälfte des Kurses schon im Raum versammelt. Nici nimmt mir die Tüte ab, lässt sie neben dem Abfalleimer fallen und sagt beim Rausgehen: „Schönen Gruß von Hausmeister Krawutzki – ihr solltet euch mehr um die Mülltrennung bemühen!"

Die Elftklässler sind so verdutzt, dass wir gar keine Antwort kriegen. Außerdem hat es mittlerweile gegongt und wir sausen kichernd rüber in den anderen Trakt. Gerade noch rechtzeitig lassen wir uns auf die Stühle fallen, während unsere Englischlehrerin am Pult bereits ihre Bücher auspackt.

„In der zweiten großen Pause machen wir noch einen Versuch", flüstert Nici mir zu. Ich bin einverstanden. Dass in der Raucherecke nur Idioten rumstehen, heißt ja noch nicht, dass wir nicht woanders fündig werden können. Und dass Nora und Stefanie sich bei unserem Anblick übertrieben die Nase zuhalten, beachten wir ganz einfach nicht.

Nach der Doppelstunde Englisch springen wir mit dem Pausengong auf, um unser Glück noch mal zu versuchen. Eingehakt schlendern wir möglichst unauffällig über den Schulhof. „Guck mal – da vorne laufen welche auf den Händen!"

„Cool", findet Nici. „Dann lass uns mal näher rangehen, vielleicht ist ja ein Kandidat dabei."

Zwei Jungs, die ungefähr in der Zehnten sein dürften, laufen vor der Sporthalle auf den Händen im Kreis herum, wobei ihnen ihre Sweatshirts bis zur Brust hochrutschen. Außer Nici und mir stehen bald noch mindestens sieben andere Mädchen um die beiden Sportskanonen herum. Und denen fällt nichts Besseres ein, als abwechselnd mal der einen, mal der anderen zuzuzwinkern. „Die fühlen sich wohl wie die Superhelden des Tages", knurre ich. „Und prompt flirten sie mit allen statt mit einer."

„Die können wir gleich abhaken", findet auch Nici. „Was für Listenpunkte können wir denn noch überprüfen – mit Körpergröße und Sportlichkeit kommen wir echt nicht weiter …"

„Den Musikgeschmack!", sage ich und deute auf einen Jungen, der sich an eine Wand des Nebengebäudes gelehnt hat. Mit geschlossenen Augen wippt er zum Rhythmus der Musik seines iPods. „Schlecht sieht er schon mal nicht aus", sagt Nici anerkennend.

„Vor allem interessiert er sich nicht für den Trubel da drüben", betone ich. „Er will keine Mädchen beeindrucken, er mag Musik und er steht nicht in der Raucherecke. Das sind doch lauter Pluspunkte! Jetzt müssen wir nur noch rausfinden, ob er auch die gleichen Songs mag wie Nathalie."

Langsam gehen wir näher. Während ich noch überlege, wie man so einen Jungen überhaupt ansprechen soll, vor allem, solange er mit geschlossenen Augen dasteht, hat Nici ihm schon auf den Arm getippt. Umständlich nestelt er sich die Kopfhörer aus den Ohrmuscheln und guckt uns etwas genervt an: „Was 'n los?"

„Wir wollten nur mal eben fragen, was du da hörst – bestimmt hast du einen super Musikgeschmack", schleimt

Nici mit strahlendem Lächeln. „Kann man wohl sagen", antwortet der Junge prompt. „Geilen Gangsta-Rap!"

Ich verstehe zwar nur Bahnhof, frage aber sicherheitshalber nach: „Und wie gefallen dir Maria Mena und Madonna?" Jetzt tut er so, als müsse er würgen. „Was ist das denn für eine bekloppte Frage! Steh ich auf jaulende Weiber oder was? Die sind ja nur kacke!"

Nici und ich schauen uns an, drehen uns wortlos um und laufen eingehakt zurück Richtung Altbau.

„Das ist ja schon fast gruselig", fasse ich die Ergebnisse unseres heutigen Club-Checks zusammen. „Gangsta-Rap – so ein Schwachsinn", murmelt Nici. Wir sind uns einig: am besten macht Nathalie erst mal ihr Abitur und dann ein Studium und dann eine Superkarriere, sodass sie richtig viel Kohle verdient. Dann hat sie gar keine Zeit für Jungs oder Männer und wird erst mal alleine reich und glücklich! In einigen Jahren haben Nici und ich dann eine Liebesretter-Agentur gegründet und können weltweit weitersuchen, bis wir für Nathalie irgendwo den Traummann gefunden haben. Bis dahin müssen wir uns sowieso erst mal um die dringendsten Fälle hier vor Ort kümmern, beispielsweise um meine ausgeflippte Oma!

Oma auf Abwegen

Seit Nici und ich uns in der Grundschule kennengelernt haben, gehen wir manchmal nach der Schule zusammen zu Oma Hilde und Opa Jens. Während Nicis Großeltern in Frankfurt leben, wohnen meine nur in einem anderen Stadtteil.

Als Nici und ich heute den Parkweg Nr. 11 ansteuern, haben wir natürlich ganz bestimmte Hintergedanken! Das wird kein harmloser Besuch bei Oma und Opa, wir werden stattdessen die Lage checken! Ich bin gespannt, ob sie überhaupt zu Hause sind, denn wir haben uns nicht angekündigt. Vor der Haustür steht ein kugelrunder blauer Pflanzenkübel, in dem gelbe Blumen wachsen. Sieht aus wie ein freundlicher Willkommensgruß. Aber wie ist die Stimmung im Haus? Wir schließen unsere Fahrräder am Gartenzaun an und klingeln. Es dauert eine Weile, aber dann macht

Opa Jens die Tür auf. Sofort drückt er mich erfreut an sich und schüttelt Nici herzlich die Hand. „Kommt rein! Oma Hilde ist auch da!" Ich werfe Nici einen verschwörerischen Blick zu. Opas Begrüßung fällt meinem Empfinden nach noch eine Spur herzlicher aus als sonst. Bestimmt ist er froh über unseren Besuch, weil er sich schon ganz vereinsamt fühlt!

Opa geht voraus ins Wohnzimmer. „Setzt euch doch!"

Auf dem Couchtisch liegt die Fernsehzeitung, Opa hat anscheinend gerade noch darin geblättert hat.

„Wo ist Oma Hilde?"

„Im Bad", lautet Opas Antwort. Dabei runzelt er die Stirn.

„Und was macht sie da?", will ich wissen.

„Na, was schon?" Oma Hilde steht plötzlich in der Wohnzimmertür und grinst ihr merkwürdiges Grinsen, das sie schon neulich bei uns in der Küche auf dem Gesicht hatte. „Ich habe mich schön gemacht! Was Frauen tagsüber im Bad eben so machen!"

„Man sieht's", meint Nici trocken. Oma Hilde hat knallroten Lippenstift aufgelegt. Ihre kringeligen Locken, die ihr bis zur Schulter reichen, sehen mehr blond als grau aus. Offenbar hat Oma ihre Haartönung aufgefrischt. Sie trägt wieder ihre braunen Stiefel und die dunkelgrüne Jacke. Aber darunter hat sie ein fliederfarbenes Kleid an, das so weit ausgeschnitten ist, dass man fast den halben Busen sehen kann! „Ich muss los, meine Lieben. Amüsiert euch gut!" Damit läuft Oma zur Haustür, wirft noch einen prüfenden Blick durchs Fenster im Eingangsbereich und greift nach ihrem geblümten Regenschirm. Sekunden später hört man die Haustür ins Schloss fallen.

Nici und ich schauen uns an. Wir müssen schleunigst hier raus! Denn wir wollen Oma natürlich auf den Fersen bleiben. Wenn sie sich so aufbrezelt, will sie bestimmt diesen Jan-Horst treffen. Zum Glück verstehen Nici und ich uns manchmal einfach so, ohne Worte. „Oh!", ruft Nici jetzt aus. „Ich habe ja ganz vergessen, dass ich um 15 Uhr einen Zahnarzttermin habe!"

„Dann aber nichts wie los!", sage ich und springe auf.

„Wollt ihr denn nicht wenigstens noch eine Apfelschorle trinken?", fragt Opa verwirrt. „Ihr seid doch gerade erst gekommen!"

Der Arme! Ich würde ihm ja gerne erklären, dass das hier alles nur zu seinem Besten ist, aber das kann er leider frühestens dann erfahren, wenn wir Oma wieder zur Vernunft gebracht haben.

„Beim nächsten Mal, Opa", sage ich noch, und dann sind wir auch schon aufgesprungen und zur Haustür gelaufen.

Eilig schließen wir die Fahrradschlösser auf. Zum Glück erledigt Oma Hilde fast alles zu Fuß. Das ist ihr Sport, wie sie immer sagt. Und sie hat einen ganz schön zügigen Schritt drauf! Trotzdem schieben wir die Fahrräder und halten genügend Abstand zu ihr. Schließlich ist es wichtig, dass sie von unserer kleinen Verfolgungstour nichts mitbekommt.

„Bestimmt geht sie wieder in die Buchhandlung am Kornmarkt", vermute ich.

„Wer weiß", überlegt Nici. „Es könnte ja auch sein, dass sie sich schon bei Jan-Horst zu Hause treffen."

„Meinst du wirklich?"

„Immerhin sind die beiden erwachsen und müssen keinen um Erlaubnis bitten."

„Doch!", sage ich wütend und bleibe stehen. „Meinen Opa!"

Oma kann doch nicht so tun, als würde Opa das alles nichts angehen! Was würde sie wohl sagen, wenn er plötzlich anfinge, mit irgendeiner faltigen Tante aus der Nachbarschaft Sahnetorte zu essen und Oma wäre nie eingeladen?

„Kommst du endlich?" Nicis Drängeln erinnert mich wieder daran, dass wir Oma Hilde ja auf der Spur bleiben müssen.

Oma läuft doch tatsächlich an der Buchhandlung schnurstracks vorbei. Auweia, was machen wir, wenn sie in einem Hauseingang verschwindet? Aber Oma geht direkt auf das Stadtcafé zu. Sie schaut kurz auf ihre Armbanduhr, fährt sich mit der Hand durch die Locken und geht hinein. Nici und ich schließen unsere Fahrräder an eine Laterne an.

Wir geben Oma Hilde einen Vorsprung von drei Minuten, damit sie auch ganz sicher schon auf ihrem Platz sitzt, wenn wir reinkommen. „Du gehst vor“, sage ich zu Nici. „Dich wird sie nämlich nicht gleich an ihren Tisch bitten, selbst wenn sie dich entdecken sollte.“

„Richtig“, grinst Nici. „Und nach Hause schicken kann sie mich auch nicht so einfach!“

Ungeduldig tripple ich hin und her, während Nici drinnen die Lage peilt. Ich kann mich nicht beherrschen und schiele schon mal durch die Fensterscheibe ins Innere des Cafés. Gut, dass es lauter Sitznischen gibt, die durch große Zimmerpflanzen ein wenig voneinander abgeschottet sind. Nici kann ich in dem Gewühl gar nicht entdecken. Ein paar Minuten später ist sie wieder da. „Deine Oma sitzt hinten links an dem Tisch beim Fenster“, berichtet sie mir. „Wir können uns ja erst mal an der Theke ein Eis holen. Da ist eine ziemlich lange Schlange. Und von da aus beobachten wir, wo ein Tisch frei wird, von dem aus sie uns nicht sehen kann.“

Unwillkürlich ziehe ich den Kopf ein, als wir das Café betreten. Kaffeeduft und Lärm von klapperndem Geschirr empfängt uns. Mir wird sofort zu warm in meinem Kapuzenparka, ich öffne den Reißverschluss. In der Warteschlange steht vor uns ein älterer Herr mit Glatze und Bierbauch. Ob das Jan-Horst ist? Ich verrenke mir schier den Hals, um einen Blick auf die Fensternische zu werfen. Oma Hilde sitzt immer noch allein da. Allerdings verrenkt sie sich gerade genauso den Hals und schaut sich suchend um. Schnell drehe ich mich weg. „Wahrscheinlich hat sie schon Sehnsucht nach ihrem Jan-Horst", murmele ich.

Mit unseren Eiswaffeln in der Hand bewegen wir uns vorsichtig Stückchen für Stückchen weiter. „Da stehen welche auf!" Nici deutet auf ein Pärchen an einem Tisch neben einer weißen Säule. Der Platz ist perfekt, um Oma Hilde zu beobachten, ohne selbst gesehen zu werden. Ich muss mich nur ein bisschen vorlehnen, um die Fensternische im Visier zu haben. In der einen Hand halte ich mein Pistazieneis, mit der anderen krame ich in meiner lilafarbenen Tasche nach dem Spiralblock, den ich extra eingesteckt habe. „Unser Clubbuch!", erkläre ich Nici.

Nici holt aus ihrer Jeansjacke einen pinkfarbenen Kuli mit Glitzersteinen hervor. „Unser Clubkugelschreiber!"

„Jan-Horst kann kommen!" Wir prusten los, als wie auf Kommando ein Kellner vor uns steht. „Heißen Sie etwa Jan-Horst mit Vornamen?", fragt Nici ihn doch glatt. Am liebsten würde ich ihr den Mund zuhalten! Schnell sage ich: „Bitte zweimal Kakao mit Sahne." Der Kellner nickt, nimmt die Teller und Tassen des Pärchens mit und verschwindet wieder. „Nicht mal eine Antwort kriegt man hier", mault Nici gespielt beleidigt.

„Aber Informationen!", sage ich plötzlich atemlos und lehne mich ein Stück nach rechts. Ein Mann in Omas Alter ist soeben bei ihr angelangt und breitet seine Arme zur Begrüßung weit aus. Dann bekommt Oma Hilde rechts und links ein Küsschen auf die Wange gedrückt. „Die küssen sich!", sage ich entsetzt.

„Was?", ruft Nici und dreht sich schwungvoll um. Dummerweise verabschiedet sich dabei die obere Kugel Erdbeereis vom Hörnchen und landet mit einem lautlosen Platsch an der weißen Säule. „Pssst!", mache ich. In meinem Bauch kribbelt es, als würden tausend Ameisen hindurchmarschieren. Insgeheim muss ich wegen des Missgeschicks und Nicis verdattertem Gesichtsausdruck angesichts des leeren Hörnchens in ihrer Hand so sehr ein Lachen unterdrücken, dass ich platzen könnte. Aber gleichzeitig muss ich natürlich unbedingt im Blick behalten, was einige Tische weiter bei Oma Hilde vor sich geht!

Jan-Horst redet und redet und fuchtelt dabei mit den Armen herum. Er trägt einen beigefarbenen Mantel, einen schwarzen Rollkragenpullover und dunkle Hosen. Seine Haare sehen etwas zu lang aus, die hängen ihm nämlich bis in den Nacken. Sein Gesicht ist so gebräunt, als ob er direkt aus dem Urlaub käme. Endlich setzt er sich umständlich an den kleinen Cafétisch und holt ein Buch aus seiner Aktentasche. Oma beugt sich höchst interessiert über das Cover und streicht mit dem Finger darüber.

„Jetzt bringt der Tattergreis ihr schon Geschenke mit!", fauche ich. So tatterig wirkt er zwar gar nicht, aber wahrscheinlich tut er nur so fit, um Oma zu beeindrucken. Und plötzlich sehe ich, wie sich unter dem Cafétisch die Knie von Oma und diesem Jan-Horst berühren! „Der hätte sich ja auch ein Stück weiter weg setzen können, oder?", sage ich sauer.

Nici hat sich jetzt auch vorgelehnt, weil sie Jan-Horst endlich selbst sehen will. „Guck mal, der hat weiße Socken an", meint sie.

„Ha! Super!", freue ich mich. „Schreib das auf!"

„Was soll an weißen Socken bitte super sein?", fragt Nici verständnislos.

„Das ist der erste Beweis", erkläre ich. „Oma Hilde gefallen doch eigentlich nur Männer in schwarzen Socken."

Nici zückt den Kugelschreiber und notiert die weißen Socken. „Ein gutes Beispiel für Hormonverseuchung", meint sie. „Wahrscheinlich machen die Hormone deine Oma blind für die weißen Socken."

„Hormone machen also auch noch farbenblind", seufze ich.

„Oder deine Oma guckt gar nicht erst richtig hin."

Dafür gucke ich umso genauer hin. „Das ist doch nicht zu fassen", flüstere ich, als ich sehe, was Jan-Horst bestellt hat. Während Oma eine Tasse Kaffee serviert bekommt, stellt der Kellner vor ihm ein Glas Bier ab.

„Bier am Nachmittag – ist ja fies!" Ich schüttle mich.

„Trinkt dein Opa auch Bier?", will Nici wissen.

„Nicht, dass ich wüsste. Eigentlich habe ich Oma und Opa immer nur zusammen Kaffee oder Tee trinken sehen."

„Dann schreib ich das mit auf." Nici notiert, dass die Trinkgewohnheiten von Oma Hilde und dem Neuen nicht zusammenpassen. Sehr gut!

Eine ganze Weile lang plaudern Jan-Horst und meine Oma fröhlich vor sich hin. Zu dumm, dass wir von hier aus nichts verstehen können. Dann sehe ich plötzlich, wie Jan-Horst dem Kellner winkt und seinen Geldbeutel zückt. „Nici – die wollen schon gehen!", sage ich hektisch. „Wir müssen auch schnell zahlen!"

„Wir könnten eine Clubkasse gebrauchen", murmelt Nici und kramt in ihrem Geldbeutel. Ich behalte Oma Hilde und Jan-Horst im Auge. Komischerweise bleibt Oma sitzen, obwohl Jan-Horst aufsteht und Richtung Ausgang geht.

„So ein Mist", zische ich, „was machen wir denn jetzt?"

Nici steht entschlossen auf und legt ihr Kleingeld auf den Tisch. „Ganz einfach: Wir trennen uns! Du bleibst hier und ich verfolge Jan-Horst. Ich melde mich übers Handy!"

Bevor ich etwas sagen kann, ist Nici auch schon zum Ausgang gewuselt. Eigentlich eine gute Idee von ihr. Denn ich will unbedingt wissen, was Oma Hilde jetzt anstellt. Ob sie sich mit mehreren Männern trifft? Will sie etwa eine größere Auswahl haben? Im Moment trinkt Oma in aller Ruhe eine zweite Tasse Kaffee und lässt ihre Blicke durchs Café schweifen. Ich rutsche ein Stück nach links, sodass die Säule mich wieder besser verdeckt. Schräg gegenüber sitzt ein Pärchen, das Händchen hält. Am Nebentisch sitzt auch ein Paar. Der Mann ist ungefähr in Papas Alter. Ob die überhaupt alle tatsächlich zusammengehören? Oder haben sie eine Frau oder einen Mann zu Hause und treffen sich heimlich hier im Stadtcafé? Dann hätten Nici und ich mit unserem Liebesretter-Club für die nächsten Jahre reichlich zu tun! Was tun eigentlich Mama und Papa, wenn sie unbeaufsichtigt sind? Auweia – ich bin mir gar nicht so sicher, ob ich diesen Gedanken jetzt wirklich zu Ende denken will. Als ich den Inhalt meines Portemonnaies kontrolliere, muss ich leider feststellen, dass ich mir einen zweiten Kakao oder noch ein Eis gar nicht mehr leisten kann. Und nachdem der Kellner mich schon zum zweiten Mal gefragt hat, ob ich noch etwas bestellen möchte, fange ich an, mich unwohl zu fühlen. Lange kann ich hier nicht mehr sitzen bleiben. Außerdem sucht schon wieder ein Pärchen nach einem freien Tisch. Also bezahle ich den Kakao, behalte dabei aber die Fensternische im Auge. Oma ist immer noch allein. Ob sie sich wohl ertappt fühlen würde, wenn ich jetzt einfach zu ihr an den Tisch käme? Schon bin ich aufgestanden, schlendere zu Omas Tisch rüber und tue ganz überrascht: „Hallo, Oma! Was machst du denn hier?" Ich starre ihr forschend ins Gesicht. Oma zuckt nicht einmal zusammen. Sie scheint sich sogar richtig zu freuen, mich zu sehen. „Vivi-Spatz! Das ist ja eine nette Überraschung. Ich dachte, ihr wärt noch bei Opa!"

Ups – jetzt habe ich vor lauter Geldzählen glatt vergessen, dass Oma uns vorhin noch in ihrer Wohnung gesehen hat! „Nici hatte einen Zahnarzttermin vergessen und musste plötzlich weg", behaupte ich rasch. „Und ich bin hier mit Anna verabredet, aber die ist noch nicht da."

„Dann setz dich doch zu mir", sagt Oma.

„Was machst du denn hier?", frage ich neugierig. Mal schauen, wie Oma sich herausreden wird.

„Ich genieße das Leben!", ruft Oma aus. Und da ist auch schon wieder dieses bescheuerte Lächeln.

„Und warum sitzt Opa dann alleine zu Hause?"

Oma schaut mich jetzt etwas ernster an. „Dein Opa wollte nicht mal wissen, wohin ich gehe und was ich vorhabe. Wenn er sich so wenig dafür interessiert, muss er sich nicht wundern, dass ich alleine gehe."

„Aber ihr könnt ja auch zu Hause Kaffee trinken!"

„Könnten wir", nickt Oma. „Aber ich will gerne hier Kaffee trinken! Und anschließend vielleicht noch ins Museum gehen oder in ein Konzert oder ins Theater. Und diese Angebote findet man nicht in der Fernsehzeitung, verstehst du, Vivien?"

„Schon klar", murmele ich.

„Jens redet überhaupt zu wenig mit mir. Es gäbe so viele interessante Themen. Ich bin doch nicht die Haushaltshilfe! Wenn wir schon zusammen fernsehen, will ich mich anschließend wenigstens über den Film unterhalten."

Mir geht durch den Kopf, dass Opa Jens unbedingt einen Wink bekommen muss, was er zu tun hat. Denn von sich aus hat er das offensichtlich noch nicht kapiert. Wenn er weiter die beleidigte Leberwurst spielt, hat dieser blöde Jan-Horst bei Oma nur umso größere Chancen! Irgendwie cool, dass Oma so offen mit mir redet!

Ich spüre mein Handy in der Innentasche meines Parkas vibrieren. Nici hat eine SMS geschickt:

Auf der Türklingel steht „Jan-Horst und Anneliese Schröder". Der Typ ist verheiratet – Hammer! Fahre jetzt zu mir. N.

Überrascht lasse ich das Handy sinken.

„Stimmt was nicht, Vivi?", erkundigt sich Oma. „Du siehst aus, als wär dir ein Gespenst begegnet!"

„Äh, nein, also – ja, alles okay", stottere ich und starre Oma an. Die weiß bestimmt gar nicht, dass ihr heißgeliebter Jan-Horst verheiratet ist! Mal gucken, wann der beste Zeitpunkt ist, um ihr diesen Knaller aufzutischen. Und Frau Schröder weiß sicher auch nicht, dass ihr toller Jan-Horst sich im Stadtcafé mit fremden Omas trifft! Jetzt muss ich erst mal raus hier. Die Luft kommt mir auf einmal ganz stickig vor, und ein normales Gespräch über die Schule oder über Nathalie kann ich mit Oma jetzt auch nicht mehr führen. Schnell springe ich auf. „Ich muss los, Anna und ich treffen uns woanders“, schwindle ich. „Tschüss, Oma!“

Mein Fahrrad steht einsam und allein an der Laterne. Komisch – ob dieser Jan-Horst doch die absolute Sportskanone mit Superschnellschritt ist, sodass Nici unbedingt hinterherfahren musste?

Nici bekommt rasch noch eine SMS-Antwort von mir: *Bin schon auf dem Weg zu dir!*

Zur Abwechslung wollen wir es uns nämlich mal wieder in ihrem Zimmer gemütlich machen. Ich bin total gespannt auf Nicis Bericht und trete in die Pedale wie ein Radprofi bei der Tour de France.

Ein paar Minuten später läute ich atemlos bei Wegmanns. Nici öffnet die Tür, ihre Mutter ist noch bei der Arbeit. „Stell dir mal vor“, platzt sie sofort raus. „Der Tattergreis wohnt nur drei Straßen von hier entfernt!“

„Super!“ Ich muss kichern. „Da kannst du dich notfalls Tag und Nacht auf die Lauer legen.“

Nici holt aus dem Wohnzimmerschrank eine Tüte Chips. Ich schnappe mir in der Küche ein Mineralwasser. Dann laufen wir die knarrende Treppe hoch in ihr kleines Dachzimmer. Ich kuschle mich in Nicis rosa-weiß geblümtes Sofa. „Los, erzähl schon!“

Nici schüttet die Chips in eine Holzschale und setzt sich im Schneidersitz zu mir aufs Sofa. „Zuerst dachte ich, ich hab keine Chance, den zu verfolgen. Er ist nämlich drei Meter vom Café entfernt in sein Auto gestiegen. Dann standen aber so viele Ampeln auf Rot, dass ich immer wieder aufholen konnte. Tja, und dann war die Verfolgungsjagd auch schon wieder zu Ende, nämlich drüben in der Holzgasse!“

„Du hast aufs Klingelschild geguckt und festgestellt, dass da auch eine Anneliese wohnt“, ergänze ich. „Hol mal den Kugelschreiber raus“, bitte ich Nici dann und wühle den Block aus meiner Tasche. Nici reicht mir den Kuli und schiebt sich eine Handvoll Chips in den Mund. Ich lecke kurz meine fettigen Finger ab und schreibe auf: *Jan-Horst Schröder ist der größte Sportmuffel, an den Oma Hilde nur geraten konnte.*

„Genial!“, freue ich mich.

„Was ist daran jetzt so genial?“, will Nici wissen.

„Na ja, alte Leute, die keinen Sport mehr machen, klappen irgendwann zusammen, und dann hat Oma den Salat! Der schafft ja nicht mal den Weg zu Fuß von der Holzgasse bis zum Stadtcafé."

„Stimmt – eine leidenschaftliche Nacht und der ist tot!"

„Leidenschaft? Oma und der Tattergreis? Igitt!" Ich werfe ein Kissen nach Nici. „Jedenfalls könnte Oma zusammen mit so einem Sportmuffel nie ihre geliebten Spaziergänge machen – mit Opa schon! Und außerdem haben wir jetzt schon vier Punkte für unsere Beweisliste." Ich muss Luft holen und nehme mir gleich noch ein paar Chips.

„Genau!" Nici zählt auf: „Die weißen Socken, das Bier, die Unsportlichkeit ..."

„... und natürlich, dass er verheiratet ist!", ergänze ich. „Ich werde Oma aber noch etwas im Auge behalten, bevor wir ihr die Liste endgültig überreichen."

Nici lächelt mich schief von der Seite an und meint: „Dann könnte ich ja jetzt an die Reihe kommen."

„Womit?", will ich wissen.

„Mit Mo! Den wollten wir doch auch mal überprüfen."

Ich verschlucke mich an meinen Chips. Während ich huste und Nici mir auf den Rücken klopft, denke ich, dass *wir* diesen Mo nicht überprüfen wollten. Andererseits: Je mehr Erfahrungen wir in unserem Club sammeln, desto besser, oder? Außerdem ist Nici nun mal meine beste Freundin. „Von mir aus“, seufze ich.

Nici fällt mir jubelnd um den Hals.

„Ich wusste gar nicht, dass dir das so wichtig ist“, knurre ich ein bisschen schlecht gelaunt. Irgendwie hatte ich gehofft, dass Nici diesen Mo einfach vergessen würde.

„Du wirst schon sehen – Mo ist echt süß!“, sagt Nici und hat schon wieder diesen schwärmerischen Gesichtsausdruck. Ich verdrehe die Augen. Eigentlich hat unser Club ja vor allem die Aufgabe, herauszufinden, warum die Leute *nicht* zusammenpassen. Damit sie gewarnt sind und von ihren Hormonverwirrungen nicht völlig fehlgesteuert werden. Na gut, im Grunde suchen wir auch die perfekten Puzzleteilchen. Aber Nici muss doch nicht schon vor ihrem dreizehnten Geburtstag den Mann fürs Leben finden, oder? Meine Gedanken behalte ich lieber für mich. Wenn wir erst genug Material über diesen Achtklässler haben, wird Nici schon selbst einsehen, dass sie besser die Finger von ihm lassen sollte.

Als Mama mich auf dem Handy anruft, merke ich erst, wie spät es schon ist. Zeit fürs Abendessen – sogar Papa ist schon nach Hause gekommen! Also mache ich mich auf den Weg. So richtig satt bin ich von den Chips sowieso noch nicht, und auf Mamas Nachtisch freue ich mich jetzt schon.

Scherben, Rosen, Gänsehaut

„Aua!" Gerade bin ich müde auf den Schulhof gestolpert, als Nici mir ihren Ellbogen in die Seite rammt. „Was bist du denn so aggressiv heute?", maule ich. Schule zur ersten Stunde ist mir eindeutig zu früh, vor allem, wenn ich abends noch lange wach gelegen habe – so wie gestern –, um wieder einmal über meine Familie und das Leben im Allgemeinen nachzudenken.

„Da ist er!", zischt Nici mir ins Ohr und krallt sich an meinem Arm fest. „Wer denn?", frage ich verwirrt. Sind wir vor irgendwem auf der Flucht? Oder müssen wir jemanden auf frischer Tat ertappen? Nici deutet mit dem Kinn nach vorn Richtung Sporthalle. „Da ist Mo! Der Blonde!", flüstert Nici aufgeregt. Ich sehe eine Gruppe von Schülern aus der Mittelstufe, die vor der Halle Basketball üben. Wie kann man nur so früh am Morgen schon so viel Energie haben?

Und welcher von denen ist jetzt dieser geheimnisvolle, supertolle Mo?

„Komm, wir gehen mal näher ran", wispert Nici. Ich schaue auf die Armbanduhr. Noch sieben Minuten bis zur ersten Stunde. Die Hausaufgaben habe ich tatsächlich selbst erledigt, also kann ich im Grunde jetzt auch noch ein bisschen im Stehen hier auf dem Schulhof schlafen. Plopp! Plötzlich springt ein Basketball gegen meinen Bauch. Zum Glück hat er nicht viel Wucht. Ich halte den Ball reflexartig fest. „Tschuldigung!", ruft einer der Jungs und kommt ein paar Schritte auf mich zu. Er grinst mich an und zwinkert mir mit seinen himmelblauen Augen zu. Ich werfe wie im Zeitlupentempo den Ball zurück und habe für einen Moment das Gefühl, als würde ich hinterherfliegen, genau auf diese frühlingsblauen Augen zu. Das muss an meiner morgendlichen Müdigkeit liegen. Also reibe ich mir die Augen und eine Sekunde später sind die Jungs auch schon wieder in ihr Spiel vertieft. Nici zieht mich mit sich und wispert: „War das nicht total süß? Mo hat sich gleich bei dir entschuldigt! Was meinst du, ist der nicht irgendwie was ganz Besonderes?"

„Ach, das war also dieser Mo?" Konnte ich ja nicht wissen, oder? Schließlich hat er kein T-Shirt mit seinem Namen drauf getragen. „Jetzt sag schon", drängelt Nici. „Wie hat er dir gefallen?"

„Der ist doch ganz normal", antworte ich etwas mürrisch. „Seine Mutter hat ihm halt beigebracht, dass man sich entschuldigt, nachdem man andere fast mit einem Ball umgehauen hat. Was soll daran so besonders sein?"

„Ja, aber er sieht doch auch super aus und überhaupt!"

Während ich noch darüber nachdenke, was unter *überhaupt* denn so zu verstehen sein könnte, gongt es. Vielleicht ist das Imparfait doch etwas leichter zu verstehen als das ganze Theater um die Jungs?

Die erste große Pause verbringe ich heute mit Lara. Nici hat wohl etwas ganz Wichtiges mit Sophie zu besprechen, denn ich sehe, wie die beiden die Köpfe zusammenstecken. Lara jammert mir gerade vor, dass ihr Nachmittag total vollgestopft ist mit Terminen. „Nach dem Kieferorthopäden muss ich dann meine neuen Kontaktlinsen abholen, und hinterher habe ich noch Klavierstunde. Wobei die Klavierstunde natürlich das Beste an dem Nachmittag ist …", grinst sie jetzt.

„Spielst du schon gut?", erkundige ich mich.

„Nicht so gut wie Moritz Heit", sagt Lara. „Der hat immer nach mir Klavierstunde, und manchmal bleibe ich extra noch eine Viertelstunde länger, damit ich noch etwas zuhören kann."

Als ich den Namen Moritz höre, schaltet mein Gehirn

automatisch auf Clubtätigkeit. „Meinst du diesen blonden Moritz aus der Achten, der auch Basketball spielt?"

„Genau den", nickt Lara. „Der spielt echt super!"

Ich bin mir nicht ganz sicher, ob Lara wirklich nur für Mos Klavierspielkünste schwärmt. Möglich wär's schon, denn Lara ist ziemlich musikalisch. Beim letzten Weihnachtskonzert hat sie so gut Querflöte gespielt, dass ich richtig Lust bekam, selbst mit Querflötenunterricht anzufangen.

„Um wie viel Uhr ist denn deine Klavierstunde zu Ende?", will ich wissen.

„Um fünf", antwortet Lara. „In der Musikschule hinterm Kornmarkt."

„Vielleicht kommen Nici und ich mal vorbei", sage ich so beiläufig wie möglich.

Sehr interessant! Soweit ich weiß, findet Nici es cool, wenn Jungs in einer Band singen oder die Drums spielen. Aber Klavierunterricht für einen Jungen? Das wird sie wohl nicht so prickelnd finden. Damit hätte ich dann schon mal den ersten Punkt auf der Liste gegen Mo.

Kaum sitzen wir wieder auf unseren Plätzen, flüstert Nici mir zu: „Ich habe brandheiße Infos! Sophies großer Bruder Sven ist mit Mo befreundet! Ich weiß jetzt, wo wir ihn nachmittags treffen können!"

„Da hätte ich noch eine genauso brandheiße Info", grinse ich. Leider muss Nici sich noch gedulden, denn Herr Hinrichs scheint heute schlechte Laune zu haben. Nachdem Sandra schon einen Eintrag wegen Quasselns im Unterricht bekommen hat, halte ich lieber den Mund. Außerdem müssen Nora und Stephanie in der Reihe hinter uns auch nicht unbedingt mitbekommen, was momentan unser Thema ist. Die haben ihre Lauscher nämlich wieder mal erstaunlich nah an unserer Sitzreihe dran!

Nachdem Nici bei uns zu Mittag gegessen hat, sind wir mit dem Bus unterwegs Richtung Innenstadt. „Der Marmorkuchen war echt superlecker", meint Nici und fährt sich mit der Zunge über die Lippen. „Aber irgendwie war deine Mutter schlecht gelaunt, oder?"

Ich zucke die Schultern. Mama kam auch mir so vor, als hätte sie ein Problem. Aber ich habe keine Ahnung, worum es dabei gehen könnte. Jetzt habe ich erst mal selbst ein Problem. Nici sitzt aufgedreht neben mir im Bus und fragt mich alle zwei Sekunden, was sie machen soll. „Was mache ich denn, wenn er mich gar nicht beachtet?"

„Dann machst du gar nichts."

„Und was mache ich, wenn er mich voll süß anlächelt?"

„Warum sollte er das tun?"

„Mensch, Vivi!" Nici rammt mir wieder mal ihren Ellbogen in die Seite. Wir sind unterwegs zum *Potpourri*. Wie Nici heute von Sophie erfahren hat, ist das der Blumenladen, der Mos Eltern gehört. Mo arbeitet dort ab und zu am Nachmittag. So bessert er sein Taschengeld auf. Nici kramt in ihrem Portemonnaie. „Für einen kleinen Strauß wird es hoffentlich reichen", überlegt sie.

„Du willst Blumen kaufen?"

„Klar! Wir können doch nicht nur einfach so da reingehen. Das wäre doch total peinlich!"

Ich verdrehe die Augen. Jetzt gibt Nici schon ihr Taschengeld aus, um ihrem Schwarm näherzukommen! Schließlich darf man sich in jedem Laden auch einfach nur umgucken, ohne etwas zu kaufen!

Ein silberhelles Glöckchen bimmelt, als wir die Tür zum *Potpourri* öffnen. Nici hat sich schon wieder an meinem rechten Arm festgekrallt, aber ich schiebe sie mit einem entschlossenen Ruck vorwärts. Schließlich kann sie sich nicht die ganze Zeit hinter mir verstecken. Die Luft im Laden ist feuchtwarm, es riecht nach Blumenerde und Kaffee. Als ich mich umsehe, entdecke ich halb verdeckt von ein paar Zimmerpflanzen ein weinrotes Sofa, auf dem zwei ältere Damen sitzen, die tatsächlich Kaffee trinken und Plätzchen knabbern. Mos Eltern wollen ihren Kunden also die Wartezeit versüßen, und das Sofa sieht auch richtig gemütlich aus. Neben den beiden Damen lümmelt Sophies

Bruder Sven und spielt an seinem Handy herum. Mo steht hinter der Ladentheke und bindet gerade einen Strauß zusammen. Ein elegant gekleideter Kunde beobachtet jeden seiner Handgriffe und hat sein Portemonnaie schon gezückt. Er scheint es eilig zu haben. Ich wusste gar nicht, dass Jungs so was können – Sträuße binden. Sieht aber richtig gut aus, wie ich widerstrebend zugeben muss: Rosafarbene, orangefarbene und weiße Blumen hat Mo zusammengestellt und mit Schleierkraut kombiniert. Schleierkraut kenne ich, das liebt Oma Hilde. Ansonsten hab ich nicht viel Ahnung von Blumennamen. Mo hat uns noch gar nicht angeschaut. Er ist damit beschäftigt, den Strauß in durchsichtige Folie zu wickeln. Wer den wohl kriegt? Vielleicht wäre das *Potpourri* ein super Beobachtungsposten für unseren Liebesretter-Club! Hier könnten wir feststellen, welche Leute ein schlechtes Gewissen haben und deshalb schnell noch Blumen kaufen, bevor sie nach Hause gehen. Während ich noch meinen Gedanken nachhänge, flüstert Nici: „Ob Mo keine richtigen Hobbys hat?"

„Wie kommst du denn darauf?"

„Na ja, der macht das alles hier so, als würde er den ganzen Tag nichts anderes tun."

Es ist mir zwar ein Rätsel, was Nici daran jetzt nicht passt, aber je mehr Sachen sie an Mo entdeckt, die ihr nicht gefallen, desto lieber ist mir das.

„Komm, wir setzen uns erst mal", schlage ich vor, als die beiden älteren Damen aufstehen. Sven begrüßt uns, wir kennen uns flüchtig vom Schulhof und durch Sophie. Sofort ist Sven mit Nici in ein Gespräch über sein superneues Handy vertieft. Wenn man ihm so zuhört, könnte man meinen, sein Handy sei ein unglaubliches Wunderwerk der Technik und schon fast dazu geeignet, damit zum Mond zu fliegen. Mich interessiert dieser Technikkram nicht besonders. Ich schaue lieber zu, wie Mo den beiden Damen ein Gesteck überreicht und sie sogar noch zum Ausgang begleitet, wo er ihnen die Tür aufhält. Irgendwie bin ich beeindruckt. Der geht so nett mit den beiden um, als wären sie seine eigenen Omas, denke ich.

Mo schaut jetzt endlich in unsere Richtung. Täusche ich mich, oder funkeln seine blauen Augen hier im Laden mit den Farben der Blumen um die Wette?

„Hi, braucht ihr was Bestimmtes?", ruft er jetzt.

Gute Frage – aber woher soll ich das wissen? Nici reagiert überhaupt nicht. Sie ist völlig ins Gespräch mit Sven vertieft. Na toll, sind wir nicht eigentlich ihretwegen hier? Aber vielleicht traut sie sich ja auch nicht, mit Mo zu reden, und tut nur so, als hätte sie nichts gehört. Ich stehe auf und komme mir dabei komischerweise wie ferngesteuert vor. Denn wie von selbst ist mein Blick immerzu auf Mos Augen gerichtet. Außerdem ist mir ziemlich schwummerig zumute. Das muss am Duft der Pflanzen liegen, der macht mich irgendwie ganz wirr im Kopf.

Krach – klirr! Erschrocken starre ich auf den Fußboden. Ich bin gegen eine weiße Bodenvase gelatscht, und die ist nicht nur umgefallen, sondern auch noch in drei große Scherben zerbrochen. Ein paar langstielige Rosen liegen mitten im Blumenwasser, das jetzt langsam in Richtung meiner Sneakers sickert. Aah! Wo ist der Zauberstab, der mich auf der Stelle in ein künstliches Blumengesteck verwandelt? Dann könnte ich stumm und staubig in einer Ecke stehen und würde nicht so schrecklich auffallen! Einen vollständigen Satz bringe ich dummerweise auch nicht über meine Lippen. „Äh …", krächze ich, „tut mir echt leid …"

„Ist nicht so schlimm. Mein Bruder Tommi ist drei, der schmeißt hier auch öfter mal was um – man gewöhnt sich dran", meint Mo ziemlich gelassen und läuft rasch Richtung Theke, wo er nach einem Eimer und einem Handfeger kramt.

Ich will nicht so tatenlos herumstehen und bücke mich rasch nach den Rosen, um sie in eine andere Vase zu stellen. Autsch! Na toll! Jetzt habe ich mir auch noch einen Dorn in den linken Daumen gerammt! Hilflos halte ich die Rosen in der rechten Hand und begutachte den linken Daumen, in dem der Dorn feststeckt. Seit wann brechen diese Mistdinger eigentlich ab? Mo stellt seinen Eimer vor mich hin, wirft einen Blick auf meine Hand und läuft sofort wieder zurück zur Theke. „Moment, für solche Fälle haben wir immer eine Pinzette da …“

Ich bewege mich mittlerweile überhaupt nicht mehr, sondern stehe stocksteif da und beobachte trübselig, wie ein Tropfen Blut von meinem Daumen in die Pfütze auf dem Boden fällt. Und Nici sitzt immer noch auf dem dämlichen Sofa hinter den Zimmerpflanzen und quasselt mit Sven, statt mich hier aus meiner Misere zu befreien. Mo kommt wie angekündigt mit einer Pinzette zurück. Außerdem ist er mit einem Stück Küchenkrepp bewaffnet. „Schön stillhalten“, sagt er. Dann nimmt er meine Hand und beugt sich konzentriert darüber. Sein Kopf ist jetzt so nah an meinem, dass ich den Duft seines Pfirsich-Haarshampoos riechen kann.

Autsch! Mo hat den Rosendorn gepackt und herausgezogen. Vorsichtig wickelt er das Küchenkrepp um meinen Daumen. Komisch, warum bekomme ich davon eine Gänsehaut? Wahrscheinlich ein Kreislaufproblem, weil ich kein Blut sehen kann.

„Danke schön“, flüstere ich. Moment mal! Warum flüstere ich? „Vielen Dank!“, sage ich noch einmal laut und energisch. Mo zuckt leicht zusammen, fegt dann aber mit geübten Griffen die Scherben auf und stellt die Rosen in eine andere Vase.

„Was kann ich denn für euch tun?", fragt er anschließend noch einmal.

„Äh, ach so …", stottere ich. „Wir bräuchten Blumen."

Mo lacht leise. „Okay, also ich hätte da zum Beispiel Petunien, Primeln, Veilchen, Gerbera, Margeriten, Iris, Narzissen, Tulpen, Bellis oder Hyazinthen. Wenn du natürlich lieber Maiglöckchen oder Anemonen möchtest …"

Mo grinst und ich bin sauer – auf mich selbst und auf Nici, die mich hier in Teufels Küche bringt. Wir bräuchten Blumen! Das ist sicher das Dämlichste, das mir in einem Blumenladen einfallen konnte. Außerdem brauche *ich* bestimmt keine Blumen. Ärgerlich drehe ich mich zu Nici um. Endlich hat sie gemerkt, dass es vielleicht mal an der Zeit ist, sich hier vorne blicken zu lassen, und setzt sich in Bewegung. „Du wolltest Blumen", erinnere ich sie schlecht gelaunt.

Nicis Blick fällt auf die langstieligen Rosen. „Was kosten die denn?", will sie wissen.

Als Nici hört, dass die Rosen pro Stück drei Euro kosten, behauptet sie, sie hätte es sich anders überlegt und würde lieber demnächst wiederkommen. Mir ist unser ganzer Besuch im *Potpourri* langsam so peinlich, dass ich wenigstens noch irgendetwas kaufen will. Viel Taschengeld habe ich allerdings auch nicht mehr. Die Rosen kommen nicht in Frage, die haben mir heute schon genug Unglück gebracht.

Mo schaut mich abwartend an und ich lasse fieberhaft meine Blicke schweifen. Direkt neben der Kasse stehen kleine Kakteen für einen Euro pro Stück. „Einen Minikaktus, bitte!", rufe ich erleichtert.

Mist. Ich kann Kakteen überhaupt nicht leiden. Aber das hier ist sozusagen ein Notfallkauf. Ich reiche Mo eine Zwei-Euro-Münze. Als er mir einen Euro zurückgibt und seine Finger dabei meine Handfläche streifen, bekomme ich eine Art winzigen elektrischen Schlag. Was ist das nun wieder? Kann Wechselgeld Strom leiten? Oh Mann, ich sollte in Physik vielleicht doch mal besser aufpassen.

Mos Mutter kommt durch den Hintereingang in den Laden und begrüßt uns, während der dreijährige Tommi an ihrer Hand zerrt und immer wieder sagt: „Ssaukeln! Mo ssaukeln!" Wenn ich mich nicht täusche, will der Kleine mit seinem großen Bruder schaukeln gehen. Frau Heit bittet Mo jedenfalls, Tommi auf den Spielplatz mitzunehmen.

Wir verabschieden uns schnell und ich bin heilfroh, als wir an der Bushaltestelle stehen und weit und breit kein Junge mehr zu sehen ist.

„War das ein Stress!", stöhne ich.

„Wieso – war doch ganz gemütlich", widerspricht Nici.

„Für dich vielleicht! Wieso hast du eigentlich die ganze Zeit bei Sven rumgesessen? Wir waren doch wegen Mo da!"

„Schon", gibt Nici zu und guckt mich treuherzig an. „Sven ist aber auch ganz schön süß, finde ich."

„Spinnst du? Was soll an dem denn süß sein? Sein Handy vielleicht?"

„Nö, aber wie er mir das alles so genau erklärt hat, fand ich schon voll nett."

„Und was sagst du jetzt zu Mo? Deswegen waren wir doch überhaupt da!"

„Der ist auch süß. Ich weiß nicht – meinst du, Mo muss oft auf seinen kleinen Bruder aufpassen?"

„Keine Ahnung. Wieso?"

„Ich finde so kleine kreischende Monster nervig. Und auf Spielplatz hätte ich auch keine Lust."

„Mo spielt ja auch noch Basketball und nimmt Klavierunterricht."

„Klavierunterricht? Woher weißt du das denn?"

Endlich komme ich dazu, Nici zu berichten, was Lara mir heute in der Schule erzählt hat. Wir beschließen, nächste Woche unbedingt in der Musikschule vorbeizuschauen, um mit unseren Überprüfungen weiterzumachen.

Zu Hause lasse ich mich erschöpft in meinen weißen Plüschsessel fallen und greife nach der angefangenen Prinzenrolle, die neben meiner Perlenkiste liegt. Nachdem ich vier Kekse verschlungen habe, fange ich an, eine neue Kette aufzufädeln. Diesmal nehme ich wahllos jede Perle, die mir gerade in die Finger gerät, und hänge meinen Gedanken nach. Was für ein Nachmittag! Ich habe einen Teil der Einrichtung im *Potpourri* zerstört, mir den Daumen verletzt, einen bescheuerten Kaktus gekauft, einen elektrischen Schlag abbekommen und Mo insgesamt mit meinem Verhalten an seinen dreijährigen Bruder erinnert. Na toll. Das Verwirrende an der ganzen Sache ist vor allem, dass *ich* mich wie ein Volltrottel benommen habe, während Nici entspannt auf dem Sofa geplaudert hat. Dabei ist sie vorher vor Nervosität doch fast ausgeflippt. Mos kleiner Bruder Tommi scheint in Nicis Augen jedenfalls schon mal ein fetter Minuspunkt auf der Clubliste zu sein. Damit sind wir dem Ziel ja schon ein großes Stück näher gekommen. Dabei fand ich den Kleinen eigentlich ganz niedlich. Blöd ist auch, dass der Kaktus, der jetzt auf meiner Fensterbank steht, mich die ganze Zeit an Mos blaue Augen erinnert. Und das, obwohl ich Kakteen gar nicht leiden kann. Wenn ich an mein Stottern, meine Kreislaufprobleme und meinen allgemeinen Hirnausfall im *Potpourri* zurückdenke, könnte ich mich fast selbst im Verdacht haben, unter einem plötzlichen Anfall von hormoneller Verwirrung zu leiden. Gut, dass ich gewarnt bin! Mir passiert das nicht! Ich werde mich von diesen Hormonen nicht fertigmachen lassen! Auf gar keinen Fall!

Meine gerade aufgefädelte Perlenkette sieht ungefähr so durcheinander aus, wie es meine Gedanken sind: Blaue, grüne, gelbe, pinkfarbene, rote, orangefarbene und schwarze Perlen reihen sich aneinander. Sieht aber im Sommer zu einem bunten Pailletten-Shirt bestimmt super aus!

Pizza gegen rosa Träume

„Was machst du denn da?" Erstaunt schaue ich Mama an, die mit einem roten Haarband in den Locken am Küchentisch steht. Ihre Arme stecken bis zu den Ellbogen in einer Schüssel. Den Teig darin knetet sie, als würde sie mit jemandem einen Ringkampf austragen, ihr Gesicht ist gerötet und auf ihrer Stirn haben sich kleine Falten gebildet.

„Ich mache Kuchen!", sagt Mama grimmig.

„Aha. Scheint dir aber keinen Spaß zu machen!"

„Doch, es macht mir sehr wohl Spaß", antwortet Mama wütend.

Ich kneife zweifelnd die Augen zusammen. „Sieht aber nicht danach aus."

„Und genau das ist das Problem!", schnauft Mama. „Ich sehe auch nicht danach aus, als ob Mode mir Spaß machen würde." Entweder stehe ich auf der Leitung, oder meine

Mutter spricht in Rätseln. Ständig kommt sie mit einem neuen hippen Teil aus dem Modegeschäft an, probiert eine neue Farbe aus oder stellt sich ihre Garderobe aus schicken Klamotten einer neuen Kollektion zusammen. Denn als Verkäuferin bekommt sie alles etwas preisgünstiger als normale Menschen. Man kann Mama also bestimmt nicht vorwerfen, sie würde unmodisch gekleidet durch die Gegend laufen.

„Was ist los, Mama?", frage ich nach. „War Heidi Klum bei euch im Laden und hat dir vorgeworfen, dass du den neuesten Trend verpasst hast?"

„Ha!", gibt Mama zurück. „Heidi Klum! Gutes Beispiel!"

„Wofür?"

„Vier Kinder hat sie und ist schlank wie ein Teenager, der zu wenig zu essen bekommt!"

„Die isst ja wahrscheinlich auch wenig."

„Vor allem wenig Kuchen", zischt Mama zwischen zusammengebissenen Zähnen hervor.

„Und was hat das jetzt alles mit dir zu tun?", frage ich verständnislos.

„Ich liebe Kuchen!", ruft Mama jetzt verzweifelt aus. „Aber ich liebe auch Mode!"

„Na und?"

„Na und! Weißt du eigentlich, wie das ist, einer schmal gebauten Kundin zu sagen, dass das Seidenkleid in Größe

36 ihr passt wie angegossen? Und dass die Jeans in Größe S ihre schlanken Oberschenkel äußerst günstig in Szene setzen? Während ich selbst in Größe 44 danebenstehe? Das ist kein Vergnügen, kann ich dir sagen!"

„Und wie wär's, wenn du weniger Kuchen isst?", frage ich vorsichtig.

„Ich brauche Nervennahrung", jammert Mama. „Heidi Klum hat immerhin lauter Kindermädchen und Haushaltshilfen und Manager. Ich muss alles selber regeln neben meinem Job. Jörg hat ja noch weniger Zeit als ich. Das ist an manchen Tagen Stress pur!"

Ich verkneife mir lieber die Bemerkung, dass Nathalie und ich kein Kindermädchen mehr brauchen. Mama ist auch so schon geladen genug.

„Weißt du, was das bedeutet?", fährt Mama fort.

„Keine Ahnung!"

„Ich muss Sport machen." Mama nickt vor sich hin. „Es geht nicht anders. Ich brauche meine Nervennahrung, aber diese Kalorienbomben hinterlassen Spuren, die ich an mir nicht sehen will. Also – Sport!"

„Gut, Mama", sage ich und sehe meine Mutter etwas zweifelnd an. Ich habe sie noch nie Sport machen sehen und kann mir nicht so ganz vorstellen, dass sie diesen Vorsatz in die Tat umsetzen wird. Aber jetzt habe ich keine Zeit, weiter mit ihr zu diskutieren. Ich bin nämlich mit Nici verabredet. Wir werden heute die Musikschule unter die Lupe nehmen, und ich bin schon etwas nervös. Wenn alles nach Plan läuft, werden wir in ungefähr einer halben Stunde Moritz Heit Klavier spielen hören. Den kleinen Kaktus aus dem *Potpourri* habe ich mittlerweile hinter einen Bücherstapel verbannt. Da muss ich ihn nicht ständig sehen. Dummerweise weiß ich natürlich trotzdem, dass er da steht, und so werde ich weiterhin jeden Tag an Mos blaue Augen erinnert. Ich hoffe, das lässt bald nach! Sonst muss ich das stachelige Ding wohl Nathalie andrehen. Dabei mag die Kakteen genauso wenig wie ich.

In der Musikschule ist mehr los, als ich gedacht hätte. Hinter welcher Tür sollen wir bloß Mo finden? Es ist Viertel nach fünf und sein Unterricht dürfte mittlerweile angefangen haben. Von links hört man Blasinstrumente. Anscheinend kann man hier auch Unterricht für Trompete und Posaune nehmen. Von rechts höre ich jemanden Schlagzeug spielen.

„Da hinten geht's eine Treppe hoch, es gibt wohl noch ein Obergeschoss", stellt Nici fest. Sie hat ihre Haare frisch gewaschen und Parfum benutzt und sie trägt ihre weiße Steppweste mit der fellumrandeten Kapuze, die ihr super steht. Hätte ich mich mit meinen Klamotten auch etwas mehr anstrengen sollen? Ich trage einfach nur einen Ringelpullover, Jeans und Sneakers. Aber schließlich sind wir im

Interesse unseres Clubs hier und nicht wegen eines Model-Wettbewerbs oder um Jungs zu beeindrucken!

Als wir die Treppe hochgelaufen sind, sehen wir auch schon von Weitem Lara vor einem der Musikräume auf einer Bank sitzen. Sie winkt uns und fragt, kaum dass wir neben ihr stehen: „Wie findet ihr's?"

Nici legt den Kopf schräg und lauscht einen Moment lang.

„Super! Der spielt ja zum Niederknien!"

„Ich meinte eigentlich meine Kontaktlinsen", erwidert Lara. Tatsächlich, sie trägt gar keine Brille mehr. War mir auch nicht sofort aufgefallen. Ich schweige angestrengt und reibe mir über meinen Bauch. Irgendwas sticht mich da dummerweise. Blöd, dass Nici plötzlich auf Mos Klavierspiel steht. Wir brauchen dringend Punkte auf der Liste gegen Mo! Sonst stellt meine beste Freundin noch einen Antrag auf vorzeitige Heiratsgenehmigung für Jugendliche. Kann Mo nicht einfach schräg spielen, falsch spielen, unbeholfen auf die Tasten hauen? Mir gefällt das Stück, das Mo gerade spielt, dummerweise auch total gut. Er spielt eine sanfte Melodie, romantisch und verträumt. Geht mir direkt unter die Haut. Wenn wir erwachsen wären, würde er vielleicht in einem tollen Restaurant spielen und ich würde neben dem Klavier stehen, Champagner trinken und an der Rose schnuppern, die Mo ... „Vivien! Hast du gehört? Lara lädt uns zur Feier ihrer neuen Kontaktlinsen noch auf ein Stück Pizza ein!" Nici reißt mich aus meinem Tagtraum. Und das ist auch besser so. Ich sollte mal messen, ob ich Fieber habe. Solche Gedanken sind ja nicht mehr normal! Schließlich geht es hier um einen Jungen, der schleunigst von der Clubliste fliegen soll, damit Nici und ich endlich wieder unsere Ruhe haben!

„Pizza ist super", stimme ich zu und hake mich bei Nici und Lara unter. Zu dritt verlassen wir die Musikschule, die mir plötzlich vorkommt wie eine Gefahrenzone. Je schneller wir weg sind und an nichts anderes als an Pizza denken, desto besser!

„Das war's dann aber mit Kalorienbomben für diese Woche", seufzt Nici und beißt genüsslich in ihre dick mit Schinken, Käse und Paprika belegte Pizza-Ecke. Lara, Nici und ich stehen in der Dönerbude in der Nähe unserer Schule, in die Lara uns eingeladen hat. Beim Stichwort Kalorienbombe fällt mir sofort wieder Mama ein, und ich berichte Lara und Nici von ihrem merkwürdigen Knet- und Schimpfanfall heute Mittag in der Küche. „Ich frage mich bloß, warum sie gerade jetzt auf die Idee kommt abzunehmen. Schließlich arbeitet sie doch schon ein paar Jahre im Modeladen", überlege ich laut und wickle mir einen Käsefaden um den Zeigefinger. Ich habe mir natürlich eine vegetarische Pizza-Ecke bestellt.

„Vielleicht steckt ja ein Mann dahinter!", meint Lara. Geschockt starre ich sie an. Laras Eltern sind seit drei Jahren getrennt. Kein Wunder, dass sie auf so eine Idee kommt. Mama und ein anderer Mann? Das wäre ja schrecklich! Noch eine Trennung innerhalb der Familie – das geht wirklich gar nicht.

Nici wirft mir einen wissenden Blick zu. Wir verstehen uns mal wieder ohne Worte: Meine eigene Mutter ist ein Fall für den Liebesretter-Club!

Verwirrt gehe ich nach Hause. In der Wohnküche treffe ich auf Mama, die Nathalie gerade stolz vorführt, was sie eingekauft hat: eine rote Jogginghose mit weißen Seitenstreifen, Laufschuhe und eine regenfeste Sportjacke. „Super, Mama!", lobt Nathalie. Meine ahnungslose Schwester weiß natürlich nicht, dass sie damit unsere Mutter schneller in die Arme eines neuen Mannes treibt, als sie gucken kann. „Du willst doch wohl nicht bei Regen joggen gehen, oder?", frage ich mürrisch.

„Wenn ich schon damit anfange, den Sport vom Wetter abhängig zu machen, kann ich es gleich ganz lassen", erklärt Mama fröhlich.

Nathalie nickt zustimmend. Gestern war sie zum ersten Mal wieder im Sportverein. Ich hab's ja gewusst, dass sie es ohne Leichtathletik und Bodenturnen nicht lange aushält. Ob dieser Jan seine neue Flamme Silvia schon wieder verlassen hat? Wenn das hier jedenfalls so weitergeht, kann sich bald unsere ganze Familie bei den Olympischen Spielen anmelden. Nur ich nicht. Ich werde auf der Zuschauertribüne sitzen und Prinzenrollenkekse mampfen!

Zurzeit bin ich nicht sicher, was stressiger ist: die Schule, wo wir eine Arbeit nach der anderen schreiben, oder unsere Clubtätigkeit. Nici und ich drücken uns gerade im Kaufhaus unauffällig zwischen den Regalen mit den neuesten Laptop-Modellen herum. Nicht, weil wir uns für Laptops interessieren, sondern weil eine Regalreihe weiter die CD-Abteilung anfängt. Nici hat in der Schule von Sophie erfahren, dass Sven und Mo für heute Nachmittag zum CD-Stöbern verabredet sind. Das müssen wir natürlich ausnutzen, um zu überprüfen, ob der Musikgeschmack von Nici mit dem von Mo zusammenpasst. Hoffentlich nicht!

„Kann ich helfen? Interessiert ihr euch für ein bestimmtes Modell?", fragt ein Verkäufer, der sich von hinten angeschlichen hat. Er rückt seine Brille zurecht und lächelt uns mit so einem typischen Verkaufslächeln an.

„Nein, wir interessieren uns nicht für Laptops. Jedenfalls nicht für diese hier. Die sind ja gar nicht mit Brillanten besetzt und funkeln überhaupt nicht", sagt Nici und tut ganz beleidigt. Ich würde mich gerne neben ihr in Luft auflösen. Der Verkäufer macht plötzlich einen ziemlich schlecht gelaunten Eindruck. „Dann darf ich die Damen vielleicht auf die Schmuckabteilung verweisen", schlägt er vor. Nici kichert und ich ziehe sie aus dem Gang mit den Laptops weiter zu den Bügeleisen. Von dort schielen wir rüber zur Musikabteilung. Sven und Mo schlendern schon an den Regalen entlang und kramen in den CDs. Plötzlich sehe ich, dass Mo seinen kleinen Bruder dabei hat. „Ich glaube nicht, dass der Kleine sich für Heavy Metal interessiert", flüstere ich.

„Da habe ich was mit ihm gemeinsam", sagt Nici und rümpft die Nase. Sven und Mo haben sich nämlich zwei CDs aus dem Heavy-Metal-Regal zum Anhören herausgesucht. Hurra! Innerlich notiere ich einen Punkt gegen Mo auf der Clubliste. Und ich mag Heavy Metal auch nicht! Komisch ist nur, dass so ein guter Klavierspieler wie Mo sich für so harte Sounds interessiert.

Interessiert beobachte ich, wie der kleine Tommi in aller Seelenruhe von mindestens drei CDs die Plastikfolie abknibbelt und anschließend die Hülle aufbiegt, ohne dass jemand etwas davon bemerkt. Nach ein paar Minuten wird er allerdings doch von einem Verkäufer entdeckt, der ihm sofort die CDs aus der Hand reißt. Tommi fängt prompt an zu heulen, und Mo wird aufgefordert, besser auf seinen Bruder aufzupassen. Er nimmt Tommi auf den Arm, aber Tommi heult trotzdem weiter, ohne sich zu beruhigen. Das war's dann wohl mit CD-Stöbern. Jedenfalls für Mo! Er verabschiedet sich von Sven und macht sich auf den Weg zum Ausgang. „Geh schnell hinterher!" Nici versetzt mir einen kleinen Schubs. „Und du?", frage ich entgeistert.

„Ich behalte Sven im Auge. Wir telefonieren heute Abend, okay?"

Na gut, bei Oma Hilde und Jan-Horst haben wir das ja auch so gemacht. Also schleiche ich mit genügend Abstand hinter Mo her. Tommi schluchzt jetzt nur noch ein bisschen und kuschelt sich an Mos Hals. Einmal bleibt Mo stehen und putzt dem Kleinen die Nase. Hach, ist das süß. Stephanie und Nora meckern immer nur über ihre jüngeren Geschwister und beschweren sich, weil sie keine Lust haben, auf sie aufzupassen. Bei Mo scheint das anders zu sein. Was natürlich noch lange nicht heißt, dass ich deshalb unvorsichtig werden sollte. Ich bin und bleibe auf der Suche nach Punkten, die gegen Mo sprechen und die wir schwarz auf weiß auf unserer Clubliste festhalten können!

Mo geht Richtung *Potpourri*, lässt den Blumenladen aber links liegen und läuft mit Tommi weiter zum Stadtpark. Mir wird klar, dass sie zum Spielplatz unterwegs sind. Als der Sandkasten in Sicht kommt, wird Tommi zappelig und will von Mos Arm runter. Er rennt los und stürzt sich eifrig auf die herumliegenden Sandförmchen. Mo geht gemütlich hinterher und setzt sich zu Tommi auf den Sandkastenrand. Gezwungenermaßen bleibe ich hinter einem Baum stehen.

Hoffentlich geht niemand von den Leuten aus meiner Schule zufällig heute im Stadtpark spazieren. Wie sieht das denn aus, wenn ich hier wie festgewachsen hinter einem Baum stehe? Egal, es ist einfach eine super Gelegenheit, Mo völlig ungestört zu beobachten. Und so schaue ich konzentriert zu, wie er mit seinem kleinen Bruder erst einen Sandkuchen backt, dann mit ihm schaukelt und ihn schließlich auf den Sitz einer Wippe hebt, bevor er sich selbst auf den gegenüberliegenden schwingt, um sich mit dem Kleinen auf und ab zu bewegen.

„Hallo, Vivien, was machst du denn hier?“

Erschreckt zucke ich zusammen. Anna und Katrin stehen plötzlich hinter mir. Annas Cockerspaniel Fredo ist auch dabei. Neugierig beschnüffelt er mein Hosenbein. „Äh, hallo – seid ihr heute nicht in der Töpfer-AG?“

„Heute? Nee, die ist doch immer mittwochs“, antwortet Anna. Dann schweigen die beiden und schauen mich abwartend an. „Also, Nici und ich wollten heute mal etwas frische Luft schnappen ...“, beginne ich zögernd.

„Frische Luft schnappen?“, fragen Anna und Katrin verständnislos. „Und wo ist Nici?“

„Ja, das frage ich mich auch“, höre ich mich sagen.

„Geht's dir gut, Vivi?“, fragt Katrin skeptisch.

„Mir geht's super!" Ich nicke heftig und wünsche Anna und Katrin auf den Mond. Oder nach Neuseeland. Auf jeden Fall weit weg. Jetzt hat Tommi vom Spielplatz aus auch noch Annas Hund entdeckt. „Wauwau!", ruft er begeistert. Schneller als ich reagieren kann ist Tommi von der Wippe geklettert und auf uns zu gelaufen. Mit seinen Patschhänden streichelt er Fredo, der sich das zum Glück friedlich gefallen lässt, hinter den Schlappohren. Es dauert keine fünf Sekunden und Mo steht neben uns. „Hi! Ist das okay, wenn er den Hund streichelt?", fragt er. Anna und Katrin strahlen Mo an und nicken beide wie zwei Esel, die man gefragt hat, ob sie Futter haben wollen. Puh! Minuspunkt auf der Clubliste! Mo scheint genauso ein Mädchenschwarm zu werden wie der blöde Jan aus Nathalies Sportverein. Von solchen Typen werden die Mädchen später sowieso nur verarscht. Mo schenkt Anna und Katrin allerdings gar keine weitere Beachtung. Stattdessen guckt er mich plötzlich an. „Hallo … wie geht's deinem Daumen? Sorry, ich weiß deinen Vornamen gar nicht", sagt er und lacht mich mit seinen blauen Augen an.

„Das macht nichts. Ich muss jetzt auch los", sage ich hastig und laufe mit weichen Knien Richtung Straße. Nichts wie weg hier! Ich kriege schon wieder Kreislaufprobleme, und eine gute Erklärung für Anna und Katrin fällt mir in diesem Zustand bestimmt nicht mehr ein. Da hilft nur noch die Flucht nach vorne!

Schräg gegenüber vom *Potpourri* entdecke ich eine Bäckerei mit Stehcafé. Ich verlangsame meine Schritte und merke, wie mein Magen knurrt. Wahrscheinlich brauche ich Nervennahrung – genau wie Mama! Und außerdem: Wenn ich Glück habe, kommt Mo auf seinem Rückweg ja genau hier vorbei. Nicht, dass ich ihn unbedingt noch mal sehen müsste. Aber ich will meinen Clubjob sorgfältig ausführen. Und wenn Mo gleich mit Anna und Katrin im Schlepptau hier vorbeilatscht, weiß ich schon wieder mehr. Oder es ist zumindest ein Zeichen: Dann werden nämlich die Mädchen sein Leben lang an ihm kleben wie die Fliegen am Honigtopf, und das ist ein guter Grund, sich von ihm fernzuhalten.

Eine Minute später stehe ich an einem der Cafétische, knabbere an einer Rosinenschnecke und starre grübelnd auf die Straße. Eigentlich könnte ich völlig zufrieden sein. Was ich heute gesehen habe, wird Nici nicht gerade vom Hocker reißen. Mo hat sich den ganzen Nachmittag um Tommi gekümmert. Da war nichts Aufregendes dabei, was Nici als Pluspunkt in ihre Liste schreiben könnte. Kleine Geschwister findet sie ja nicht so toll. Ich fürchte nur, es ist genau das eingetreten, was ich unbedingt vermeiden wollte: Ich muss für mich selbst auch eine Clubliste anlegen! Und ich brauche dringend Punkte, die gegen Mo sprechen! Wenn ich ehrlich bin, fand ich ihn heute nämlich einfach nur süß. Und freundlich. Und gut aussehend. Das mit der Heavy-Metal-Musik heißt ja noch nicht viel. Vielleicht wollte er die nur mal hören, weil er gar nicht wusste, wie Heavy Metal klingt. Sein Klavierspiel ist eigentlich auch ein Pluspunkt. Mist, so kann ich mein Hormonchaos bestimmt nicht entwirren! Und das muss ich unbedingt. Nicht nur, weil ich kein Hormonopfer sein will. Sondern auch deshalb, weil wir diese ganze Überprüfungsaktion eigentlich wegen Nici machen und nicht meinetwegen!

Im Zeitlupentempo stecke ich mir den letzten Bissen in den Mund, als ich plötzlich sehe, wie mein Vater mit einem Blumenstrauß das *Potpourri* verlässt. Nanu? Mama hat doch gar nicht Geburtstag! Aber vielleicht bringt er ihr ja auch einfach nur so Blumen mit, was ich wirklich nett von ihm finde. Hoffentlich lässt Mama dann die Finger von einem anderen! Ich will gerade zum Ausgang gehen, als Mo mit Tommi an der Hand direkt vor dem Schaufenster der Bäckerei entlangläuft – ohne Anna und Katrin. Doch dann sehe ich noch etwas anderes: Er hat einen Döner in der Hand. Einen Döner mit Fleisch! Endlich ein Minuspunkt! Mo ist kein Vegetarier, und damit scheidet er als perfekter Freund aus. Ich finde Fleisch nun mal eklig. Man stelle sich nur mal vor, er würde mich irgendwann küssen wollen und hätte dabei ein Stück Fleisch zwischen den Zähnen! Igitt! Gut, dass ich das noch rechtzeitig gemerkt habe. Entschlossen lege ich meine Serviette auf den Teller und laufe nach Hause, um mit Nici zu telefonieren.

Als ich bei Wegmanns anrufe, geht Nicis Mutter ans Telefon. Nici ist noch gar nicht da! Ihre Beschattungsaktion scheint ja noch aufregender zu verlaufen als meine! Neugierig schreibe ich eine SMS: *Wie läuft's? Wann meldest du dich? LG, V.*

Spione im Hormonchaos

Schlecht gelaunt komme ich am nächsten Morgen auf dem Schulhof an. Nici hat mich gestern ganz schön versetzt. Dabei hätte ich abends gerne noch mit ihr geredet. Ich habe nämlich gestern die gesamte Wohnung nach einem Blumenstrauß abgesucht und keinen gefunden, obwohl Papa längst zu Hause war. Für wen waren die Blumen, die er gekauft hat? Ich werd's rauskriegen! Mama hat sie jedenfalls nicht bekommen. Wenn Papa sich jetzt auch noch eine neue Freundin angelacht hat, flippe ich aus! Nici hat mir gestern jedenfalls erst kurz nach acht eine SMS geschrieben. Sie will mir alles heute in der Schule erzählen! Als ich dann trotzdem bei ihr zu Hause angerufen habe, war Frau Wegmann gerade ziemlich sauer auf Nici, weil sie gar nicht so spät hätte nach Hause kommen dürfen. Hausaufgaben hatte sie auch noch nicht gemacht. Deshalb hatte

Nici gestern dann plötzlich Telefonverbot, und so habe ich nichts mehr erfahren können.

Nici steht schon neben dem Eingang zu dem Altbau, in dem unsere Schule untergebracht ist, und wartet auf mich. Sie strahlt übers ganze Gesicht. Wieso eigentlich? Stress mit ihrer Mutter, Telefonverbot – so toll kann's ihr doch gar nicht gehen. Ganz zu schweigen davon, dass wir heute auch noch einen Erdkundetest schreiben.

„Was ist denn mit dir los?", knurre ich Nici entgegen.

Sie grinst nur geheimnisvoll und kramt dann einen zusammengefalteten Zettel aus ihrem Rucksack.

„Meine Clubliste für Sven! Er ist einfach perfekt!"

„Sven?", staune ich. „Und was ist mit Mo?"

„Vergiss Mo", sagt Nici. „Der ist zwar auch ganz niedlich, aber bei mir und Sven stimmt einfach alles!"

„Und das hast du gestern Nachmittag herausgefunden?"

„Ich habe Sven in der Musikabteilung einfach angesprochen. Es war mir zu blöd, meinen Nachmittag zwischen den Bügeleisen zu verbringen."

„Und wie hat er reagiert?"

„Gar nicht."

„Das findest du super?"

„Er hatte Kopfhörer auf und hat Musik gehört! Aber so konnte ich schon mal die Körpergröße checken", erklärt Nici mir ganz begeistert und wippt aufgeregt auf den Zehenspitzen.

„Hattest du einen Zollstock dabei?", frage ich misstrauisch.

„Quatsch! Ich habe den Kopfhörer nebenan genommen und stand dann ziemlich dicht neben Sven. Wir sind gleich groß." Nici schaut sich kurz um, ob auch niemand in unserer Nähe vorbeiläuft, dann fährt sie fort: „Nach ein paar Minuten ist mir rein zufällig meine Tasche runtergefallen und auf seinem rechten Fuß gelandet."

„Zufällig?"

„Natürlich nicht. Aber irgendwie musste ich ihn ja ansprechen."

„Was hast du denn gesagt?"

„So was ist mir noch nie passiert!"

„Wieso – hast du aus Versehen was total Peinliches gesagt?", hake ich verwirrt nach.

„Nein, ich sagte zu Sven, dass mir so was noch nie passiert ist", klärt Nici mich auf. Strahlend fährt sie fort: „Und dann hat er mich angeguckt und gesagt, dass irgendwann ja immer das erste Mal ist."

„Mann, wie bescheuert", ächze ich. „So was Schleimiges habe ich zuletzt erlebt, als ich im Herbst Schnupfen hatte."

„Wieso?", fragt Nici empört. „Er hätte ja auch sauer sein können, nachdem ihm meine Tasche auf den Fuß gedonnert ist. Da war noch der große Bildband über Spanien aus der Bücherei drin, den ich für meine Mutter wieder abgeben musste!"

„Schade, dass nicht noch einer über Frankreich und Griechenland dabei war ..."

Nici lässt sich von mir nicht aus der Ruhe bringen. „Sven hat mir dann gezeigt, was für CDs er sich anhört. Es war jede Menge Popmusik dabei, Sachen aus den Charts und nur eine Heavy-Metal-CD, und die fand er nicht mal gut."

„Okay, ihr seid gleich groß und sein Musikgeschmack hat dich nicht sofort in die Flucht geschlagen", fasse ich zusammen. „Das ist ja wohl noch keine vollständige Clubliste!"

„Lass mich doch erst mal ausreden! Wir waren ja anschließend noch Pizza essen!"

„Du und Sven?", frage ich ungläubig. Ich kriege Mo gegenüber kaum einen vollständigen Satz über die Lippen und Nici lässt sich gleich beim ersten Treffen zum Essen ausführen?

„Ich dachte, du willst abnehmen", murre ich.

„Ich habe eine Ausnahme gemacht – im Dienst der Liebe ...", grinst Nici.

„Du meinst, im Dienst unseres Clubs!", korrigiere ich sie vorwurfsvoll. Jetzt schon von Liebe zu reden, ist ja wohl ziemlich übertrieben.

„Jedenfalls haben wir beide die gleiche Pizza bestellt! Sven mag am liebsten Thunfisch-Pizza, genau wie ich!"

Vor meinem inneren Auge sehe ich Nici und Sven, wie sie in zehn Jahren in ihrer gemeinsamen Küche sitzen. Die Farbe der Wände ist nicht zu erkennen, weil sich überall Pizzakartons bis unter die Decke stapeln. Um jedem Ehekrach aus dem Weg zu gehen, essen sie jeden Tag das, was sie beide mögen: Thunfisch-Pizza. Na toll.

„Thunfisch-Pizza forever …", murmele ich. Aber Nici hört gar nicht zu. Als es gongt, erzählt sie noch schnell, dass sie die Sache mit der Treue und mit den Sternzeichen auch schon geprüft hat. Nora und Stephanie sind Sven und Nici nämlich auf dem Weg zur Pizzeria begegnet und haben Sven total auffällig angeschmachtet und versucht, ihn in ein Gespräch zu verwickeln. Nici schildert, wie Sven die beiden gar nicht beachtet, sondern sich ganz auf sie konzentriert hat. „Das Beste ist sein Sternzeichen: Wassermann. Das passt perfekt zu mir! Ich habe zu Hause gleich in meinem Astroratgeber nachgeschaut. Zwilling und Wassermann können stundenlang interessante Gespräche führen. Genauso war's gestern", schwärmt Nici.

In Gedanken versunken laufe ich neben Nici den Flur entlang. Es ist doch unglaublich, dass plötzlich alles anders ist! Kurz vorm Klassenzimmer sagt Nici noch leise zu mir: „Übrigens wusste Sven zufällig auch Mos Sternzeichen. Mo ist Krebs. Damit hätte ich als Zwilling echt Probleme kriegen können."

Die Französischstunde zieht an mir vorbei wie ein Nebelschleier. Ich muss in Ruhe nachdenken. Nici ist also plötzlich überhaupt nicht mehr an Mo interessiert. Ich weiß nicht, wie das so schnell passieren konnte. Entweder Nici hatte Mo gegenüber nur eine kurzzeitige Hormonverwirrung oder Sven passt wirklich perfekt zu ihr. Ihre Liste ist nicht schlecht, das muss ich zugeben. Aber gilt die überhaupt? Schließlich hat Nici Sven nicht beschattet, sondern mit ihm *geredet*! Heute muss ich dringend meine eigene Liste durchgehen. Jetzt ist Nici ja gar kein Grund mehr, mich von Mo fernzuhalten! Ich brauche also andere gute Gründe, um mein eigenes Hormonchaos klarzukriegen.

Zu dumm, dass wir ausgerechnet heute den Erdkundetest über Flüsse schreiben. Ich habe Mühe, mich zu konzentrieren. Ruhr, Rhein, Weser, Mosel ... Komisch, die Mosel besteht zur Hälfte aus Mos Vornamen. Ob der Fluss wohl im Mittelalter oder so nach einem wichtigen Moritz benannt worden ist? Aber woher stammt dann die zweite Silbe „sel"? Eine Selina könnte vielleicht Mos Frau gewesen sein, und so hat man beide Namen zusammengefügt. Flüsse und ihre Namen wären als Symbol für den ewigen Fluss der Liebe viel interessanter als hinsichtlich ihres Ursprungs, ihrer Länge und der Länder, durch die sie fließen!

Nach der letzten Stunde mache ich mich sofort auf den Weg nach Hause. In der Wohnküche duftet es nach Kokos-Milchreis. Mama steht summend am Herd und rührt in einem Topf. „Wir können gleich essen, Vivi! Deine Schwester ist auch schon da!", ruft sie fröhlich. Warum ist meine Mutter eigentlich plötzlich so gut gelaunt? Gestern war sie das erste Mal joggen. Davon ist sie bestimmt noch nicht dünner geworden!

Ich klemme mich noch rasch hinter den Computer und öffne eine Suchmaschine.

„Seit wann interessierst du dich denn für Sternzeichen?", fragt Nathalie plötzlich und lehnt sich über meine Schulter, sodass ihre Haare mich am Ohr kitzeln. Ich spüre, wie ich rot werde, obwohl es dafür ja nun wirklich überhaupt keinen Grund gibt.

„Ich recherchiere nur was", murmele ich undeutlich.

Nathalie liest mit lauter Stimme vor: „Der Krebs ist sehr gefühlvoll und familiär. Wenn Fisch und Krebs aufeinandertreffen, herrscht Romantik pur, vor allem in den eigenen vier Wänden ..."

„Geht's noch lauter?", frage ich ärgerlich. Das hier ist meine Sache!

„Oh, entschuldige Schwesterchen", sagt Nathalie grinsend. „Ich wusste ja nicht, dass es geheim bleiben soll." Sie ist heute auch auffallend gut gelaunt. Merkwürdig eigentlich. Dabei hat sie in letzter Zeit gleich mehrere schlechte Noten geschrieben.

Ich bin jedenfalls nicht weniger verwirrt als vorher. Mos Sternzeichen passt also angeblich spitzenmäßig zu meinem. Wenn ich meine Liste durchgehe, gibt es jetzt ungefähr genauso viele Minuspunkte wie Pluspunkte!

Die Pluspunkte sind Mos Sternzeichen, sein Klavierspiel, sein Job im Blumenladen (weil er dabei so nett zu allen ist) und sein kleiner Bruder (weil er sich so süß um ihn kümmert). Die Minuspunkte sind sein Musikgeschmack (jedenfalls was Heavy Metal betrifft), das Basketballspielen auf dem Schulhof (scheint sein Hobby zu sein und interessiert mich kein bisschen) und seine Vorliebe für Fleisch.

Außerdem sprechen meine Symptome gegen ihn! Was soll ich davon halten, dass ich in Mos Nähe Kreislaufattacken, Sprachschwierigkeiten und Stolperprobleme habe? Nichts! Also Schluss mit diesen lästigen Gedanken an Moritz Heit!

Als Mama, Nathalie und ich unseren Kokos-Milchreis löffeln, fragt Nathalie auf einmal, ob sie Nachhilfe bekommen kann. Mama reagiert überrascht: „Papa und ich haben dir doch vor drei Wochen Nachhilfe angeboten und da wolltest du auf keinen Fall!"

„Ja", gibt Nathalie zu. „Aber jetzt will ich doch! Ich kenne da jemanden aus der Zwölften. Daniel ist gut in Englisch,

Französisch und Mathe! Der kann mir gleich in allen drei Fächern helfen."

Während Mama und Nathalie die Einzelheiten besprechen, schnappe ich mir das Telefon und verabrede mich mit Nici. Es wird Zeit, dass unser Liebesretter-Club aktiv wird, um meinen Vater zu überprüfen. Von Oma habe ich schon seit Tagen nichts gehört. Ich kann nur hoffen, dass sie sich nicht dauernd mit ihrem Tattergreis trifft! Mit Opa muss ich auch unbedingt noch reden. Wir haben wirklich alle Hände voll zu tun! Gut, dass der Fall Mo abgehakt ist. Und was Sven betrifft, hoffe ich, dass Nici sich die Sache noch mal überlegt. Schließlich war ich bei ihrer Überprüfungsaktion nicht dabei. Vielleicht ist sie ja ein Opfer der Hormone geworden!

Herr Hinrichs hat die Grippe und ist heute nicht in der Schule. Gut für Nici und mich! So haben wir schon nach der dritten Stunde Schulschluss. Das ist *die* Gelegenheit, meinen Vater auszuspionieren! Eigentlich wollten wir erst am Nachmittag losziehen, aber so ist es noch viel besser. Zur Mittagszeit isst er immer in der Kantine am Flughafen, und wenn wir Glück haben, kommen wir jetzt genau zur richtigen Zeit. Papa im Büro zu beobachten, wäre viel schwieriger, weil wir natürlich auf dem Gang sofort auffallen würden.

Das Flughafengelände ist riesig! Zum Glück kenne ich mich einigermaßen aus und weiß noch, wo die Kantine ist. Papa hat Nathalie und mir da nämlich mal ein Eis spendiert.

„Was arbeitet dein Vater eigentlich?", fragt Nici.

„Äh – irgendwas mit Computern", antworte ich. Mann, ist die Welt kompliziert! Ich weiß nicht mal genau, was mein eigener Vater eigentlich beruflich macht! Er kann stundenlang Vorträge über seine heißgeliebten Programme halten und trotzdem weiß man am Ende nicht genau, wozu die wirklich gut sind. Aber Nici ist auch schon wieder damit beschäftigt, mit dem Zeigefinger ein Herz auf die Busscheibe zu zeichnen, die sie vorher angehaucht hat. Sie schreibt S + N hinein. Ich male ein Herz daneben und schreibe N + V hinein.

„Was?" Nici reißt die Augen auf. „Bist du verknallt in Niklas, oder was?"

„Quatsch! Ich verknall mich doch nicht in einen, der Mädchen aus der Sechsten noch an den Haaren zieht! N + V heißt Nici und Vivien! Nur, damit du das nicht vergisst, Sven hin oder her", grinse ich.

„Niemals!", lacht Nici und hebt ihre Hand zum Schwur.

Eine Sekunde lang habe ich das Gefühl, es wäre vielleicht gut, Nici von meiner Moritz-Verwirrung zu erzählen. Aber dann lasse ich es doch. Je weniger ich daran denke und darüber rede, desto besser!

„Wir hätten einen riesengroßen Regenschirm mitnehmen sollen“, fällt mir ein.

„Wieso, es regnet doch gar nicht.“

„Aber wir könnten eine Tarnung gebrauchen. Wenn mein Vater uns entdeckt, kann er sich gleich verstellen!“

„Der rechnet doch nie im Leben damit, dass wir hier auftauchen“.

Da hat Nici auch wieder recht. Wir stehen an der Bushaltestelle, wo wir gerade ausgestiegen sind, und sehen uns um.

Zehn Meter weiter ist das Kantinengebäude, und man sieht schon von Weitem, dass gerade Hochbetrieb herrscht. Jede Menge hungrige Leute schieben sich mit beigefarbenen Tabletts durch den Gang zwischen der Essensausgabe und den Tischen und halten Ausschau nach einem freien Platz. Aber die Gesichter sind von hier aus nicht genau zu erkennen.

„Wir müssen näher ran!“

Nici nickt und wir schlendern so unauffällig wie möglich bis zur Gebäudeecke vor. Ich ziehe meine weiße Häkelmütze etwas tiefer in die Stirn, obwohl das natürlich nicht wirklich etwas nützt. Die eine Seite der Kantine ist fast komplett verglast, sodass wir gut hineinschauen können. Aber die anderen können auch rausgucken. „Guck du doch mal, ob du meinen Vater irgendwo siehst“, wispere ich.

„Du musst nicht flüstern", kichert Nici. „Die können uns höchstens sehen, aber nicht hören."

Dann schiebt sie sich ein Stück um die Ecke und linst angestrengt in die Kantine. „Ich glaub, der ist nicht da", meint sie nach einer Weile. Ich stelle mich hinter Nici auf die Zehenspitzen und schaue ihr über die Schulter.

„Doch!", sage ich aufgeregt. „Da sitzt er – mit dem Rücken zu uns. Den orangefarbenen Pulli hat Mama ihm gestern erst aus dem Geschäft mitgebracht!"

„Ach, du meinst gegenüber von der Blondine?"

Tatsächlich, jetzt sehe ich sie auch. Papa sitzt einer jungen Frau gegenüber, deren blonde Haare ihr fast bis zur Hüfte reichen. Sie stochert lustlos in einem kleinen Salat herum und lächelt Papa immer wieder an wie ein niedliches Püppchen.

„Wetten, die hat den Blumenstrauß gekriegt", murmele ich grimmig.

„Das kann auch eine Kollegin aus einer ganz anderen Abteilung sein, die essen doch alle hier in der Kantine, oder?"

„Ja, aber ...", beginne ich. Auf einmal sehe ich, wie Papa sein Schälchen mit dem dunklen Schokopudding und einem Sahneklecks oben drauf zu der Blondine rüberschiebt. Fassungslos beobachte ich, wie die Püppchen-Blondine heißhungrig den Pudding auslöffelt. Papa hat sich zurückgelehnt und scheint sie ganz zufrieden anzuschauen.

„Das würde er zu Hause nie machen!", sage ich heiser.

„Was denn?", fragt Nici.

„Seinen Nachtisch abgeben! Nachtisch ist für Papa das Wichtigste am ganzen Mittagessen!"

„Auweia ...", murmelt Nici.

Und als hätten wir nicht schon genug gesehen, springt Papa vom Tisch auf, kaum dass die Blondine sich erhebt, ist mit einem Schritt bei ihr und legt ihr den Arm um die Schultern! Fürsorglich führt er sie Richtung Kantinenausgang. Als könnte eine erwachsene Frau nicht alleine gehen!

„Mir reicht's", sage ich wütend zu Nici. „Lass uns abhauen."

Romantik zum Nachtisch

Zum Abendessen gibt es heute Kartoffelsalat mit Würstchen. Ich werde natürlich nur den Kartoffelsalat essen. Mama, Nathalie und ich sitzen schon am Tisch, aber wir warten noch auf Papa. Er hat per Handy angekündigt, dass er in einer Minute zu Hause sein würde. Angeblich hat er noch im Stau gestanden. Dass ich nicht lache! Er konnte sich bloß nicht von seiner Blondine trennen! Als Papa schließlich in die Küche kommt, sieht man als Erstes einen großen Blumenstrauß, den er vor sich her trägt. „Für dich, mein Schatz!", sagt er zu Mama. „Hast du mal eine Vase?"

Mama freut sich und holt eine Porzellanvase aus dem obersten Küchenregal. „Wie komme ich zu dieser Ehre?", fragt sie und lächelt Papa an.

„Einfach nur so! Frauen freuen sich doch immer über Blumen, oder?"

Ich starre meinen Vater finster an. Der wirkliche Grund für diesen Blumenstrauß ist sein schlechtes Gewissen, da bin ich mir ganz sicher! Aber woher soll Mama das wissen. Der Strauß ist übrigens auch wieder aus dem *Potpourri*. Ob Mo den wohl gebunden hat? Aber das kann mir ja eigentlich völlig egal sein. Obwohl ich extrem schlecht gelaunt bin, biete ich mich heute freiwillig zum Geschirrabtrocknen an, weil ich Mama noch unauffällig interviewen will. Während Mama die Teile abspült, die in der Spülmaschine keinen Platz mehr haben, schnappe ich mir ein Geschirrtuch und frage beiläufig: „Berätst du im Modeladen eigentlich nur Frauen oder auch Männer?"

„Glücklicherweise berate ich auch Männer!", lacht Mama.

„Warum denn glücklicherweise?"

„Die sind oft ganz besonders nett! Außerdem muss ich mich mit denen nicht vergleichen. Wenn da einer Größe S trägt, kann mir das wurscht sein. Schließlich bin ich kein Mann, verstehst du?"

„Können die sich nicht von ihren Frauen beraten lassen?"

„Gerade die, die sich eine neue Garderobe zulegen, sind oft noch auf der Suche, Vivi."

Na toll. Meine Mutter berät am liebsten Männer und dann auch noch solche, die keine Frau haben. Bestimmt war in letzter Zeit ein Kunde dabei, der ihr besonders gut gefallen hat. Sonst würde sie doch neuerdings nicht freiwillig abends in einer Jogginghose durch die Gegend rennen, um abzunehmen!

Ich habe im Erdkundetest eine drei minus. An einer Stelle hat Herr Arne gleich drei rote Fragezeichen gemacht. Peinlich, peinlich, ich habe mich verschrieben. Statt Mosel habe ich Moritsel geschrieben! Zu blöd, dass man sich wegen Unkonzentriertheit nicht krankschreiben lassen kann. Und jetzt sitze ich an meinem Pult und habe schon wieder Mühe, Herrn Jürgens zu folgen. Er redet gerade über die Sehenswürdigkeiten in Paris. Ich wäre am liebsten gar nicht hier. Stattdessen sollte ich überall sonst sein! Wer weiß, was Oma Hilde jetzt gerade tut. Jan-Horst ist bestimmt schon pensioniert. Die können sich also auch vormittags treffen. Und Mama? Ob sie sich in diesem Moment von ihrem Lieblingskunden zum Kaffee einladen lässt? Schließlich liegt der Modeladen in der City-Passage, und ein Café ist gleich nebenan. Da ist es kein Problem, dort ab und zu eine kleine Pause zu machen. Was tut Papa um diese Zeit? Der könnte möglicherweise seiner Lieblingskollegin im Büro zwei oder drei Türen weiter einen kleinen Besuch abstatten. Vielleicht verabredet er sich mit ihr für den Abend. Und zu Hause kriegen wir dann wieder zu hören, dass es einen Stau gab. Wie soll ich dieses ganze Chaos bloß in den Griff kriegen?

„Was meinst du, Vivien?" Herr Jürgens schaut mich abwartend an. Mit einem Schlag bin ich wieder im Klassenzimmer angekommen. Was meine ich wozu? Verwirrt schaue ich Nici an. „Er will wissen, wie man Paris sonst noch nennt", raunt sie mir zu.

„Äh – vielleicht Chaos-City?", fällt mir ein.

Herr Jürgens steht schwungvoll auf. „Nein, nein, so groß ist das Chaos in dieser Stadt nicht, da gibt es bei Weitem chaotischere Städte. Paris wird auch ‚die Stadt der Liebe' genannt!"

Ein paar Jungs in unserer Klasse stöhnen gequält auf. Aber Herr Jürgens lässt sich davon überhaupt nicht beeindrucken. Strahlend erzählt er uns, wie er in Paris seine Frau kennengelernt hat. Sie haben sich auf einem Flohmarkt getroffen, sind zusammen auf den Eiffelturm gestiegen, haben in einem kleinen romantischen Restaurant gegessen und sich als Paar auf dem Montmartre malen lassen. Am nächsten Tag waren sie dann tatsächlich ein Paar.

„Der Montmartre", erklärt Herr Jürgens, „ist ein Hügel mitten in Paris, auf dessen Plätzen viele Maler an ihren Staffeleien arbeiten, sodass man ihnen direkt beim Malen und Zeichnen zuschauen kann. Sogar Picasso hat dort schon gemalt! Die Atmosphäre ist unbeschreiblich ..."

Während Herr Jürgens von der romantischen Stimmung in Paris schwärmt, wird mir auf einmal einiges klar. Ich kann nun mal nicht überall gleichzeitig sein und meine Eltern können sich ungehindert heimlich mit ihren Angebeteten treffen, zumindest solange ich in der Schule bin. Auch Oma Hilde kann ich nicht auf Schritt und Tritt verfolgen und ihre Jan-Horst-Pläne durchkreuzen. Ich brauche eine andere Lösung, um meine Familie vor einer Liebeskummerkatastrophe zu retten. Und die Lösung heißt Romantik!

In der Pause zupfe ich Nici am Ärmel. „Hast du nach der Schule noch Zeit, mit mir ins Reisebüro zu gehen?"

„Mal sehen", sagt Nici völlig geistesabwesend und starrt in eine andere Richtung. Ich folge ihrem Blick und sehe sofort Sven, der vor der Sporthalle wieder mal versucht, Bälle in den Korb zu werfen. „Ach, deshalb ist dein Gehirn plötzlich abgeschaltet", stelle ich fest.

„Genau", meint Nici immer noch geistesabwesend.

„Willst du dich nicht bei Sven für die Pizza bedanken und ihn auch mal einladen – zu Froschschenkeln, Schnecken und Spinnenbeinen?", frage ich grinsend.

„Gute Idee", murmelt Nici. Dann verschwindet Sven plötzlich in der Sporthalle und Nici ist wieder in der Lage, mich anzuschauen.

„Äh, was meintest du gerade? Du willst mich zum Pizzaessen einladen?"

„Nee, zu Spinnenbeinen und ... ähm ... Ameisen ...“, bringe ich gerade noch hervor. Mein Bauch fühlt sich plötzlich an, als würden lauter Ameisen hindurchkrabbeln.

„Ameisen? Nein, danke!“, höre ich Nici wie aus weiter Ferne sagen. Mo ist gerade aus dem Neubau gekommen. Jetzt steht er in aller Seelenruhe auf dem Schulhof rum und trinkt Kakao aus einer kleinen Flasche. Seine blonden Haare glänzen in der Sonne, und ich bilde mir auf einmal ein, sein Pfirsichshampoo bis hierher riechen zu können. Als hätte er gespürt, dass ich ihn anstarre, dreht er den Kopf, sieht mich und hebt kurz die Hand zum Gruß. Ich kann mich leider nicht bewegen. So ein Mist, jetzt kommen zu meinen Sprachschwierigkeiten auch noch Bewegungsstörungen dazu. Ich muss mich von diesem Jungen wirklich fernhalten! Mit einem Ruck drehe ich mich zu Nici um und sage entschlossen: „Ich habe beschlossen, meine Eltern wegzuschicken.“

„Willst du sie ins Internat einliefern lassen?“, fragt Nici kichernd.

Ha – vielleicht wäre das gar keine schlechte Idee. Eine Besserungsanstalt für Eltern, die nicht mehr wissen, dass sie zusammengehören, und die dringend daran erinnert werden müssen. Mein Vater hat ja vor einiger Zeit noch gesagt, dass er meine Mutter für ihre Desserts glatt noch einmal heiraten würde. Und Desserts kann wirklich jede machen. Da ist Mama schnell ersetzt. Papa muss sich daran erinnern, dass es noch ganz andere Gründe gibt, bei Mama zu bleiben.

„Ich will, dass meine Eltern eine romantische Reise machen – in die Stadt der Liebe!"

„Nach Paris!"

„Genau! Und deshalb muss unser Liebesretter-Club die Sache in die Hand nehmen. Wir brauchen Informationen!"

Ich habe ein super Angebot für eine Wochenendreise nach Paris entdeckt. Mama und Papa könnten zwei wunderschöne Tage und Nächte in einem romantischen Hotel verbringen und dann wieder pünktlich zurück sein, um am Montag zur Arbeit zu gehen. Als ich nach der Schule mit Nici auf den rot gepolsterten Stühlen im Reisebüro saß, fiel mein Blick außerdem noch auf eine Broschüre über unsere Stadt. Hier gibt es interessante Stadtführungen! Man kann als Gruppe oder als Paar die Sehenswürdigkeiten besichtigen, und ein Besuch im Museum und ein abschließendes Essen im Theatercafé sind auch noch inbegriffen. Ist das nicht genau das, wovon Oma neulich geredet hat? Das könnte funktionieren. Jetzt muss Opa Jens nur noch die Broschüre von mir kriegen, und dann kann er sofort damit anfangen, seine Ehe zu retten.

Zu Hause stecke ich die Informationen über die Stadtführung in einen großen Briefumschlag und schreibe ein paar Zeilen dazu:

Lieber Opa,
kennst du den Blumenladen Potpourri in der Marienstraße? Kauf doch für Oma mal einen Blumenstrauß! Vorher reservierst du zwei Karten für die Stadtführung. Am besten gleich heute. Du willst doch bestimmt nicht, dass Oma immer alleine auf die Piste geht. Sag Oma nicht, dass die Idee von mir ist. Tu so, als hättest du dir diese Überraschung für sie ausgedacht.

Küsschen,
Vivien

So, das wäre geschafft. Den Brief werde ich gleich morgen früh per Fahrrad bei Opa Jens vorbeibringen. Mit grünem Filzstift schreibe ich noch auf den Umschlag *Für Opa Jens persönlich* und unterstreiche es zweimal. Schließlich will ich nicht, dass Oma Hilde den Umschlag öffnet.

Heute kommen meine Eltern wieder beide spät von der Arbeit zurück. Daher habe ich Zeit, den Abendbrottisch vorzubereiten. Ich verteile Teller, Besteck und Gläser, krame die geblümten Servietten hervor, die noch von Mamas letztem Geburtstag übrig sind, und gehe schließlich sogar in den Keller, um aus Papas Weinregal eine Flasche Rotwein zu holen. Ich weiß zwar nicht genau, was es zum Abendessen geben soll, aber immerhin sieht der Tisch schon mal schön aus. Denn Mama und Papa sollen ein bisschen in romantische Stimmung kommen, bevor ich ihnen den Vorschlag mit der Paris-Reise mache. Eigentlich wollte ich Papa vorschlagen, Mama mit der Reise zu überraschen. Aber dann hätte er mir gegenüber so tun können, als würden immer wieder wichtige berufliche Termine dazwischenkommen, und Mama hätte vielleicht nie etwas davon erfahren. Umgekehrt wäre es genauso schwierig. Wenn ich Mama den Vorschlag machen würde, Papa mit der Wochenendreise zu überraschen, könnte sie sagen, dass sie genau an den infrage kommenden Wochenenden arbeiten muss. Wer weiß, am Ende würde sie vielleicht sogar noch mit dem unbekannten Schnösel wegfahren, der ständig bei ihr in den Laden reinlatscht, um sich angeblich modisch beraten zu lassen.

Das Beste ist, wenn sie es gleichzeitig erfahren, dann kann sich keiner mit einer blöden Ausrede um die Reise drücken.

Als meine Eltern kurz nacheinander zu Hause eintrudeln, sitze ich schon gespannt am Esstisch. Die Reiseunterlagen liegen unter meinem Teller. Ich habe sogar eine rosa Kerze auf den Tisch gestellt und sie auch schon angezündet.

„Oh, Vivi, das ist aber lieb, dass du schon gedeckt hast!", ruft Mama und balanciert vier mit Alufolie abgedeckte Schalen vor sich her. „Ich bin heute so spät dran, da habe ich Lasagne für uns alle mitgebracht – Kochen würde jetzt viel zu lange dauern."

„Lecker", sagt Papa. „Und was gibt's zum Nachtisch?"

Kein Wunder, dass er abends so scharf auf Nachtisch ist, wenn er mittags in der Kantine seine Desserts verschenkt! Mama ist natürlich ahnungslos und holt die Vanillecreme aus dem Kühlschrank, die sie gestern schon zubereitet hat. Ich versuche, meinen Ärger über Papa zu unterdrücken.

„Wo bleibt eigentlich Nathalie?", will ich wissen.

„Die ist noch bei einer Freundin, wir fangen ohne sie an", sagt Mama und nimmt die Alufolie von den dampfenden Schalen. Vielleicht ist es sogar ganz gut, dass ich mit Mama und Papa allein bin, denn ich weiß ja nicht so genau, wie meine Schwester reagieren würde. Am Ende will sie noch mit nach Paris! Das geht natürlich gar nicht.

Als wir die Lasagne verputzt haben und Mama die Vanillecreme austeilt, hole ich die Unterlagen hervor und wedele verheißungsvoll damit in der Luft.

„Ich habe auch noch einen Nachtisch für euch!"

„Hast du eine gute Note geschrieben, Vivi?", will Papa wissen, der gar nicht genau hinschaut, was ich da in der Hand halte.

„Nein, das hier hat nichts mit mir zu tun. Es ist etwas, das nur euch beide betrifft." Ich schaue meine Eltern nacheinander bedeutungsvoll an und betone: „Dich und deine Ehefrau, dich und deinen Ehemann. Hier, bitte sehr."

Mama und Papa schauen erst mich und dann sich gegenseitig verblüfft an. Sie nehmen mir die Infos vom Reisebüro aus der Hand und stecken die Köpfe zusammen.

„Das klingt ja fantastisch!", meint Mama nach einer Weile. „Und ich muss an dem Wochenende nicht mal arbeiten! Wie sieht es denn bei dir aus?"

Papa reibt sich übers Kinn. „Den größten Teil des Projekts haben wir geschafft. Ich denke, ich muss an dem Samstag auch nicht ins Büro ..." Dann schauen sich die beiden grinsend an und geben sich sogar einen Kuss! Ich traue meinen Augen kaum.

„Du und ich in Paris ...", sagt Mama verträumt.

„Das sollten wir uns nicht entgehen lassen", stimmt Papa zu. „Wir hatten schon so lange keine Zeit mehr ganz für uns. Und bezahlbar ist es auch!"

Papa legt Mama einen Arm um die Schultern und nickt zustimmend vor sich hin.

Plötzlich scheinen sie sich wieder daran zu erinnern, dass ich auch noch am Tisch sitze.

„Wie bist du denn überhaupt auf die Idee gekommen?", fragt Mama strahlend.

„Och, das ist mir so im Französischunterricht eingefallen“, sage ich. Und das stimmt ja sogar.

Während meine Eltern sich noch weiter in den Prospekt vertiefen und besprechen, dass sie sich ihre Fahrkarten am besten sofort übers Internet reservieren lassen, stehe ich vom Tisch auf und ziehe mich unauffällig in mein Zimmer zurück. Das war ja einfach! Meine Eltern haben sich überhaupt nicht gesträubt. Sie haben auch nicht versucht, irgendwelche Ausreden zu finden, um vielleicht doch nicht zusammen wegfahren zu müssen. Wie Papa das wohl seiner Blondine erklären will, dass er jetzt mit seiner eigenen Ehefrau nach Paris fährt und nicht mit ihr? Und der unmodische Typ aus Mamas Laden wird sich übernächste Woche leider von Mamas Kollegin beraten lassen müssen. Vielleicht kann er sich ja in die verknallen. Dann hätten sich gleich mehrere Probleme auf einmal erledigt!

Erleichtert schicke ich Nici eine SMS: *Habe die Mission „Romantisches Wochenende“ erfolgreich gestartet! LG, V.*

Freundinnenfrust

Ich bin sauer! Schlecht gelaunt sitze ich in meinem Plüschsessel und fädele passend zu meiner Stimmung nur schwarze Perlen zu einer neuen Kette auf.

Heute haben Nathalie und ich unsere Eltern zum Bahnhof begleitet. Mama war ganz aufgekratzt. Damit sie für Paris auch schick ist, hat sie sich ein neues knielanges Kleid geleistet und Papa ein neues Hemd spendiert. Als der Zug sich in Bewegung setzte, haben Natalie und ich den beiden gewunken. Bis dahin war der Tag ja noch ganz schön. Ich freute mich auf einen gemütlichen Nachmittag mit Nici. Nathalie hatte es total eilig, wieder nach Hause zu fahren. Ihr Nachhilfelehrer Daniel sollte nämlich heute kommen – zwar erst um 14 Uhr, aber sie wollte schon um 13 Uhr wieder vor Ort sein. Vorhin habe ich gesehen, dass sie Mamas teure Haarspülung benutzt hat und das Parfum, das Mama ganz oben links im Badezimmerschränkchen versteckt hält. Kann eine Einnebelungs- und Verschönerungsaktion eine ganze Stunde dauern? Ich jedenfalls bin nach dem Abschied am Bahnhof mit dem Fahrrad zu Nici gefahren. Für mich war völlig klar, dass wir uns an so einem Samstag, an dem auch noch meine Eltern weg sind, einen gemütlichen Nachmittag machen oder gemeinsam durch die Stadt bummeln.

Tja, Nici ist schon in die Stadt gefahren, aber ohne mich. Als ich klingelte, sagte Frau Wegmann, Nici sei mit Anna und Katrin in der Eisdiele verabredet. Das kam mir merkwürdig vor, weil Nici und ich mit Anna und Katrin noch nie so richtig verabredet waren. Ich hatte da so einen Verdacht! Frau Wegmann würde Nici sicher nicht erlauben, sich allein mit einem Jungen zu treffen … Auf meine Frage per SMS, wo sie denn stecke, kam dann auch prompt Nicis Antwort: *Bin mit Sven verabredet, wir wollen ins Kino. LG, N.*

Mit Sven ins Kino! Hätte sie das nicht vorher mit mir besprechen können? Will sie da im Dunkeln von dem geknutscht werden? Schließlich hält sie ihn ja für den perfekten Freund. Dass sie mich gar nicht erst fragt, was ich denn heute machen will, finde ich blöd. Und dass sie mir von der Verabredung mit Sven nichts erzählt hat, finde ich noch blöder.

Heute Abend soll dann auch noch Oma Hilde bei uns

vorbeikommen. Mama hat nämlich Angst, dass Nathalie und ich an diesem Wochenende verhungern könnten. Also soll Oma für uns Abendessen machen. Ich habe gar keine Lust, mit Oma Hilde zu reden. Wegen ihr sind wir doch überhaupt erst in diesen ganzen Schlamassel hineingeraten! Wenn sie nicht mit ihrem bescheuerten Jan-Horst angefangen hätte, wären Mama und Papa heute nicht nach Paris gefahren und alles wäre wie immer.

Ich höre Nathalie und Daniel drüben laut lachen. Sehr witzig. Was gibt es denn bei Englisch, Französisch und Mathe zu lachen? Kann man lustige Additionen machen? Oder Scherzvokabeln und Witzkonjugationen? Wohl kaum.

Als meine schwarze Perlenkette fertig ist, gehe ich in die Küche, um mir einen heißen Kakao zu machen. Während ich Kakaopulver mit warmer Milch verrühre, höre ich die Haustür zuschlagen. Ein paar Sekunden später kommt Nathalie in die Küche.

„Machst du mir auch einen Kakao?", fragt sie und blitzt mich freudestrahlend an.

„Was ist denn mit dir los?", knurre ich gereizt.

Nathalie nimmt ohne Vorwarnung meinen Kopf in beide Hände und knallt mir einen Kuss auf die Backe. „Das Leben ist einfach schön!", ruft sie.

„Du spinnst doch!", antworte ich miesepetrig. „Du schreibst schlechte Noten, musst Nachhilfe nehmen, und dein Freund Jan hat dich wegen einer anderen sitzen lassen. Was soll denn daran schön sein?"

„Ganz einfach", erklärt Nathalie. „Ich schreibe bald wieder bessere Noten, Daniel ist der süßeste Nachhilfelehrer der ganzen Schule, und wer Jan ist oder wie man Jan buchstabiert, das weiß ich schon gar nicht mehr! Keine Ahnung, wie ich so einen bekloppten Typen je gut finden konnte. Aber da kannte ich ja auch Daniel noch nicht!"

Nathalie schnappt sich den Kakao, den ich eigentlich für mich gemacht hatte, und läuft summend aus der Küche.

Na toll! Meine Schwester hat schon wieder einen Neuen. Und ich hatte nicht mal die kleinste Gelegenheit, diesen Daniel zu überprüfen und eine Clubliste für ihn anzulegen. Ich wusste ja gar nicht, wer das ist!

Jetzt hat sich auf der warmen Milch auch noch eine eklige Haut gebildet. Das ist echt nicht mein Tag heute, und der Appetit auf Kakao ist mir jetzt auch vergangen.

Als es an der Tür klingelt, rühre ich mich nicht vom Fleck. Ich habe es mir nämlich mit einem Buch auf meinem Bett gemütlich gemacht. Schon seit einer Stunde lese ich und werde einfach den ganzen Abend lang weiterlesen und alles um mich herum vergessen. Die anderen sind mir zurzeit einfach zu blöd! Es klingelt zum zweiten Mal. Nathalie kann genauso gut die Tür öffnen! Ich weiß ja sowieso, dass

Oma Hilde vor der Haustür steht, und ich hab jetzt einfach keine Lust, nett zu ihr zu sein.

Als es zum dritten Mal laut und lange klingelt, feuere ich entnervt mein Buch aufs Kopfkissen und rapple mich auf. Im Vorbeigehen bollere ich an Nathalies Zimmertür: „Kannst du vielleicht auch EINMAL im Leben die Tür aufmachen, wenn es klingelt?!", schreie ich wütend. Dann schaue ich durch den Türspion und reiße die Haustür auf.

„Opa! Was machst du denn hier?"

„Nach dem Rechten sehen", brummt Opa.

Er schiebt sich an mir vorbei in den Flur und zieht umständlich seine tropfnasse Jacke aus. Draußen scheint es mittlerweile in Strömen zu regnen. Umso besser, dann verpasse ich ja noch weniger, wenn ich an diesem Wochenende das Haus nicht verlasse.

„Wo ist denn Oma Hilde?"

„Unterwegs. Mit diesem Heini", sagt Opa und starrt finster vor sich hin.

„Hast du meinen Briefumschlag denn nicht bekommen?"

„Doch, doch. Eine nette Idee, Vivi. Aber ich weiß nicht …" Opa streicht sich unschlüssig über seinen Schnurrbart.

Das ist doch wohl die Höhe! Ich liefere Opa die beste Idee, um seine Ehe zu retten, und er tut nichts! Einfach nichts!

„Sind die Sicherungen alle drin?", will Opa jetzt wissen.

„Wieso sollten sie denn nicht drin sein?"

„Und es regnet auch nirgendwo rein?"

„Natürlich nicht!"

„Na, dann ist ja alles in Ordnung."

Aha, so ist das also, wenn Opa nach dem Rechten sieht.

„Machst du uns jetzt Abendbrot?"

„Ich könnte euch ein paar Käsebrote machen."

„Das schaffen wir auch allein." Energisch ziehe ich Opa am Ärmel zurück zur Garderobe. „Du gehst jetzt nach Hause und besorgst unterwegs irgendwo einen Blumenstrauß!", sage ich bestimmt. „Und noch heute schlägst du Oma die Stadtführung mit dem Museumsbesuch und dem Essen im Theatercafé vor! Ich bestehe darauf!"

Den Satz habe ich neulich mal in einem Film gehört und finde ihn sehr gut. „Ich bestehe darauf!", wiederhole ich noch einmal. Opa muss jetzt grinsen. „Tja, also dann bleibt mir ja wohl nichts anderes übrig."

„Find ich auch", nicke ich und schiebe Opa zur Haustür. Ein Abschiedsküsschen kriegt er heute nicht, dazu habe ich immer noch viel zu schlechte Laune.

Als ich mich gerade wieder in die angefangene Geschichte vertieft habe, piepst mein Handy und zeigt eine SMS von Nici an.

Sven ist ja sooo süß! LG, N.

Erbost starre ich das Handy an. Um mir DAS mitzuteilen, schreibt meine beste Freundin mir eine SMS? Nachdem sie sich den ganzen Samstag lang nicht gemeldet hat? Ohne lange nachzudenken, tippe ich eine Antwort: *Der hat dir wohl das Hirn verzuckert! V.*

Danach ist erst mal Sendepause. Vielleicht ist Nici ja jetzt beleidigt. Na und? Das ist mir doch egal! Ihr ist ja auch völlig egal, wie es mir geht und was ich heute eigentlich gemacht habe. Obwohl wir uns sonst an jedem einzelnen Samstag, seit wir zusammen zur Schule gehen, gesehen haben.

Da klingelt es schon wieder. Ich bleibe auf meinem Bett liegen. Es kann kommen, was oder wer will! Nathalie scheint kapiert zu haben, dass ich heute nicht mehr öffne, denn ich höre, wie sie aus ihrem Zimmer kommt und sich an der Haustür mit Oma unterhält.

Sekunden später klopft es an meiner Tür.

„Nein!"

Die Tür öffnet sich trotzdem und Oma streckt den Kopf zu mir ins Zimmer.

„Ich habe nein gesagt!"

„Ich hab's gehört", erwidert Oma ungerührt. „Soll ich Kartoffelauflauf zum Abendessen machen?"

„Keinen Hunger."

„Möchtest du mit mir Karten spielen?"

„Keine Lust!“

„War Opa hier, um nach dem Rechten zu schauen?“

„Frag ihn doch selber!“

„Vivien!“, ruft Oma jetzt empört. „So frech habe ich dich ja schon lange nicht mehr erlebt! Welche Laus ist dir denn über die Leber gelaufen?“

„Könnte ich bitte einfach nur meine Ruhe haben?“, frage ich gereizt.

„Schon gut“, sagt Oma mit etwas beleidigtem Unterton und zieht die Tür wieder zu.

In der Zwischenzeit hat Nici wieder eine SMS geschickt:

Was ist denn mit dir los? N.

Können mich heute eigentlich alle immer nur dasselbe fragen? Wer spinnt denn hier? Ich oder alle anderen um mich herum? Die Antwort ist eindeutig: Es sind die anderen. Ich bin von verrückt gewordenen, verknallten Leuten umzingelt! Wo man auch hinguckt, sieht man nur noch Opfer der Hormone, die nicht mehr wissen, wohin sie gehören! Und da fragen sie mich, was mit mir los ist. Das ist doch komplett behämmert! Entnervt schalte ich mein Handy aus. Heute will ich nichts mehr hören, nichts mehr sehen und auch mit niemandem reden!

Mir ist heiß, mein T-Shirt klebt an meinem verschwitzten Rücken und der Knopf meiner Jeans drückt in meinen

Bauch. Die Bettdecke liegt halb auf meinem Rücken, halb auf dem Fußboden. Verschlafen blinzle ich zum Wecker rüber. Es ist halb acht. Ich muss gestern beim Lesen in meinen Klamotten eingeschlafen sein! Die Zähne habe ich mir in dem Fall dann auch nicht mehr geputzt. Ich fühle mich von Kopf bis Fuß so unwohl, dass ich mich aufrapple und ins Bad schlurfe, obwohl ich normalerweise an Sonntagen nicht vor neun Uhr aufstehe. Zuerst putze ich mir die Zähne. Dann stopfe ich meine Kleider in den Wäschekorb und steige unter die Dusche. Unter dem heißen Wasserstrahl werde ich richtig wach und fühle mich langsam wieder besser. Mein Gehirn kommt auch allmählich in Schwung. Oma muss gestern wohl bald wieder gegangen sein. Ich habe gar nichts mehr davon mitbekommen. Dann war da noch die blöde SMS von Nici. Meine Eltern sind in Paris. Was ist, wenn sie zurückkommen? Geht der Stress dann von vorne los? Wie lange kann ein Romantikwochenende die Liebe retten?

Irgendwie ist seit ein paar Wochen alles furchtbar in Unordnung. Meine Großeltern spinnen, meine Eltern und Nici ebenso. Noch unter der Dusche beschließe ich, heute wenigstens mein Zimmer aufzuräumen. Irgendwo muss ich ja anfangen! Dann haben Mama und Papa schon mal keinen Grund zum Meckern, wenn sie aus der Stadt der Liebe zurückkommen.

In letzter Zeit habe ich meine Sachen immer wieder ziemlich wahllos ins Regal gestopft. Ich nehme zunächst das unterste Regalbrett in Angriff. Zuerst sortiere ich meine Schulbücher nach Fächern, dann sind meine Lieblingsbücher an der Reihe, die ich der Größe nach ordne. Auf dem oberen Regalbrett liegen CDs, Fotoalben, Nagellack, Lippenstifte, Briefpapier und mein Schmuckkästchen. Ich nehme alles herunter und wische mit einem Lappen die Staubschicht weg, die sich mittlerweile gebildet hat. Dann schnappe ich mir die Fotoalben. Eins davon ist ein Familienalbum, in das andere ist ein Mix aus allen möglichen Fotos eingeklebt. Ich stoße auf lauter witzige Bilder von Nici und mir: Nici und ich, wie wir am selben Eis lecken. Nici und ich im Bikini beim Balancieren über einen Baumstamm. Das war in Portugal, wo unsere Familien vor drei Jahren zusammen Urlaub gemacht haben. Auf einem anderen Bild sieht man Nici und mich, wie wir beim Schulbasar letzten Sommer zusammen Waffeln verkaufen. Wir hatten echt viel Spaß an dem Tag. Vor allem, als sich Herr Hinrichs auf seine Waffel versehentlich Salz streute. Irgendein Scherzkeks hatte heimlich den Salzstreuer vom Würstchenstand mit dem Zuckerstreuer von unserem Stand vertauscht. Herr Hinrichs hat seinen Bissen direkt vor uns auf den Boden gespuckt und sein Gesicht so komisch verzogen, dass ich den Lachkrampf meines Lebens bekam. Seufzend klappe ich das Album zu. Eigentlich habe ich immer viel Spaß mit Nici! Nur jetzt gerade nicht. Entschlossen räume ich alles ordentlich ins Regal. Dann ist mein Schreibtisch an der Reihe. Der muss auch dringend mal gesäubert werden. Und darauf liegt schon seit Ewigkeiten ein Stapel Bücher. Erst mal runter damit und aufs Bett! Autsch! Genervt lasse ich den Bücherstapel wieder los. Den blöden Kaktus hatte ich ja schon fast vergessen. War eigentlich ein ganz gutes Versteck hinter dem Stapel. Aber jetzt muss ich natürlich doch wieder an Mo denken. Was der wohl an so einem Sonntag macht? Ob er Tommi morgens beim Frühstück ein Brot schmiert und es extra in kleine Stücke schneidet? Das wäre einfach supersüß. Auf einmal habe ich ein ganz flaues Gefühl im Magen. Liegt es daran, dass ich selbst noch nicht gefrühstückt habe? Nein, wenn ich ehrlich zu mir selbst bin, gibt es dafür einen ganz anderen Grund: Ich kriege Mo einfach nicht mehr aus meinem Kopf! Und plötzlich ist mir klar, dass ich doch mit meiner besten Freundin reden muss. Ich wühle mein Handy hervor und schalte es seit gestern Abend zum ersten Mal wieder ein. Sofort wird eine eingegangene SMS angezeigt. Grinsend lese ich: *Ich muss unbedingt mit dir reden!* LG, N.

Dass wir dasselbe denken, klappt also immer noch!

Nathalie klopft an meine Tür. Sie hat Frühstück gemacht! Noch während wir unseren Kakao schlürfen, klingelt es an der Tür. „Ach ja", nuschelt Nathalie mit einem Bissen Brötchen im Mund, „hatte ich ganz vergessen. Nici hat vorhin angerufen und sich zum Frühstück eingeladen."

Ich flitze zur Haustür, reiße sie schwungvoll auf und falle Nici um den Hals. Jetzt bin ich einfach nur froh, dass sie da ist. „Bist du wieder besser drauf?", erkundigt Nici sich.

„Glaub schon", antworte ich und schicke Nici schon mal in mein Zimmer. In der Wohnküche packe ich Brötchen, Nutella, Marmelade, Butter und Orangensaft auf ein Tablett. Nathalie macht es nichts aus, allein weiterzufrühstücken, und ich will mit Nici natürlich ein Gespräch unter vier Augen führen.

Zum Glück muss ich bei ihr auch nicht lange um den heißen Brei herumreden. „Tut mir leid, dass ich gestern etwas zickig war. Aber ich dachte plötzlich, dass du dich für mich überhaupt nicht mehr interessierst! Es gab plötzlich nur noch Sven, Sven, Sven. Das hat mich total genervt."

„Wir sehen uns doch fast jeden Tag, Vivi!", entgegnet Nici und trinkt einen Schluck Orangensaft.

„Naja, in der Schule sehen wir uns natürlich sowieso. Aber Kino, Eisdiele und Stadtbummel haben wir auch immer zusammen gemacht."

„Das machen wir auch weiter so!", sagt Nici. „Sven ersetzt dich doch nicht. Du bist und bleibst meine beste Freundin!"

Gerührt schlucke ich. Dann fährt Nici fort: „Wenn man verknallt ist und der Junge auch noch so gut zu einem passt, dann will man halt Zeit mit ihm verbringen."

„Ich kenne das Gefühl", murmele ich und betrachte interessiert meinen linken, bunt geringelten Strumpf.

„Ich wusste es!", ruft Nici. „Ich hab doch gemerkt, dass bei dir irgendwas anders ist als sonst! Wer ist es denn?"

Ich hole tief Luft. „Also", beginne ich, „zum Glück bist du ja jetzt in Sven verknallt."

„Ja, aber was hat das mit dir zu tun?"

„Na ja, ich muss irgendwie immer an Mo denken", gebe ich jetzt zu.

„Ich glaub's ja nicht!", ruft Nici aus.

„Bist du doch sauer?", frage ich etwas erschrocken.

„Nein! Du warst nur zuerst irgendwie so gegen ihn … Ist doch super, dass wir uns fast gleichzeitig verknallt haben! Und außerdem sind Sven und Mo befreundet. Dann können wir bald zu viert was unternehmen."

„Ich weiß nicht, ob das so super ist. Denk mal an unseren Liebesretter-Club. Warum haben wir den denn gegründet? Weil immer so viel schiefgeht, wenn die Leute verknallt sind. Und so gut passt Mo auch wieder nicht zu mir."

Ich krame meine Clubliste hervor und zeige Nici die Pluspunkte und die Minuspunkte, die ich herausgefunden habe.

Nici liest sich die Liste aufmerksam durch. Dann lässt sie das Blatt sinken und sagt überzeugt: „Deine Pluspunkte sind viel wichtiger als deine Minuspunkte! Du musst ja nicht Mos Musik hören, wenn sie dir nicht gefällt. Du musst auch nicht Basketball mit ihm spielen. Du musst nicht mal zuschauen beim Basketball, wenn du es langweilig findest!"

„Vielleicht findet Mo mich ja auch gar nicht so toll."

„Dafür hat er dir neulich auf dem Schulhof aber ganz schön hinterhergeguckt!", grinst Nici.

„Ja, aber die Sache mit dem Fleisch! Wenn der mich küssen will und er hat Reste vom Döner zwischen den Zähnen, dann falle ich in Ohnmacht, so eklig finde ich das!", jammere ich.

„Vivi, so schnell geht das mit dem Küssen nun auch wieder nicht. Man muss sich doch erst mal kennenlernen! Und außerdem gibt es für Essensreste zwischen den Zähnen Zahnseide!"

Weil Nici ihrer Mutter versprochen hatte, den Dachboden aufzuräumen, musste sie bald wieder gehen. Trällernd sauge ich den Teppich und den Plüschsessel in meinem Zimmer. Mir ist jetzt viel leichter ums Herz. Streit mit Nici finde ich nämlich schrecklich, sogar dann, wenn es nur so ein kleiner SMS-Streit ist. Ich bin froh, dass Nici unsere Freundschaft auch so wichtig ist, Sven hin oder her. Außerdem bin ich erleichtert, dass Nici und Sven noch nicht rumgeknutscht haben. Und auf die Idee mit der Zahnseide wäre ich von allein wohl auch nicht gekommen. Nici meinte noch, dass sie seit einiger Zeit den Gedanken etwas übertrieben findet, der erste Junge müsste schon der Mann fürs Leben sein. Und wenn man direkt den Rückzug antrete, sobald man etwas Nichtperfektes entdeckt, könne man ja nie einen Jungen näher kennenlernen.

Ich weiß nicht – unsere Beschattungen haben doch gezeigt, dass es wichtig ist, die Dinge zu überprüfen! Mein Streit mit Nici ist zwar vom Tisch, aber all die anderen Probleme sind schließlich noch nicht gelöst.

Kaum habe ich den Staubsauger verstaut, klingelt das Telefon. Oma ist dran. Sie will Nathalie und mich zu einer Vernissage einladen.

„Was ist eine Vernissage?", erkundige ich mich. „Klingt irgendwie nach Entspannung im Bademantel."

Ich höre Oma leise lachen. „Eine Vernissage ist eine Ausstellungseröffnung. Eine Malerin, die hier in der Stadt in ihrem Atelier arbeitet, stellt ihre Aquarelle aus. Sie heißt Anneliese Schröder und malt wirklich wunderbare Bilder!"

„Sagtest du Anneliese Schröder?", krächze ich. Oh Mann! Oma Hilde will nichtsahnend eine Ausstellungseröffnung der Ehefrau ihres Geliebten besuchen!

„Sag bloß, du hast von der Malerin schon was gehört", wundert sich Oma.

„Und wie", sage ich, „die interessiert mich auf jeden Fall!" Stimmt ja auch. Sie interessiert mich nur aus ganz anderen Gründen, als Oma sich vorstellen kann.

Ich verabrede mit Oma, dass sie mich nachmittags abholt. Nathalie will nicht mitkommen, sie ist schon wieder mit dem tollen Daniel verabredet. Dann muss ich Oma wohl ganz allein auf den Schock ihres Lebens vorbereiten. Am besten bevor wir die Galerie erreichen, in der die Vernissage stattfindet. Denn dort ist bestimmt auch Jan-Horst, der vielleicht gerade seine Anneliese abknutscht, weil sie so tolle Bilder gemalt hat – und schon wäre das Chaos perfekt.

Ein Kaktus für Dornröschen

Ich habe kurz mit Nici telefoniert, um mit ihr die Lage zu besprechen. Zum Glück hat sie ihr Handy mit auf den Dachboden genommen. Nici findet, ich soll Oma ganz direkt sagen, was los ist. Viel Zeit habe ich sowieso nicht. Wir werden bis zur Galerie höchstens 10 Minuten mit dem Auto unterwegs sein.

Oma klingelt gar nicht erst an der Haustür, sondern hupt nur. Ich atme tief durch und zupfe noch mal mein knielanges, rosa Leinenkleid zurecht. Oma meint, für eine Vernissage sollte man sich schick machen. Sie trägt heute sogar einen schwarzen Hut mit breiter Krempe und ein Kleid, das wild in Orange, Schwarz und Rot gemustert ist. Eine Jacke hat sie nicht an, wie ich beim Einsteigen sehe.

„Hallo, Oma, ist dir nicht kalt? Wir haben doch höchstens 15 Grad!"

„Kalt? Schön wär's!", seufzt Oma und startet den Wagen. „Mir ist so heiß, dass ich am liebsten gar nichts anhätte. Diese Hitzewallungen in den Wechseljahren sind wirklich unangenehm. Ich überlege, ob ich Hormone nehmen sollte. Naja, das ist natürlich jetzt nicht gerade dein Thema. Vergiss es, Vivi-Spatz." Oma nimmt den Hut vom Kopf und wirft ihn nach hinten auf die Rückbank.

„Du willst Hormone nehmen?", frage ich entgeistert. „Noch mehr davon? Am Ende bist du in fünf Tattergreise gleichzeitig verknallt!"

Ups! Der Gedanke ist mir jetzt einfach so rausgerutscht.

„Wie bitte? Was für Greise? Und wieso fünf?" Während Oma langsam durchs Wohnviertel kurvt, nehme ich allen Mut zusammen.

„Du hast mit Sicherheit genug Hormone, Oma. Sonst wärst du nicht auf diesen Jan-Horst reingefallen."

„Was heißt denn hier reingefallen?", unterbricht Oma mich.

Ich krame nach der Liebesretter-Clubliste für Jan-Horst und falte sie auseinander. Konzentriert erkläre ich Oma: „Dieser Jan-Horst trinkt schon nachmittags Bier. Er trägt weiße Socken. Und er ist der größte Sportmuffel, den man sich nur vorstellen kann."

Oma guckt irritiert zu mir rüber. „Na und? Was hast du da eigentlich für eine Liste?"

„Siehst du", sage ich. „Es ist dir sogar egal! Bei Jan-Horst gibt es lauter Sachen, die beweisen, dass er gar nicht zu dir passt. Und es ist dir egal! Das liegt eben an den Hormonen! Du weißt doch, dass Hormone biochemische Botenstoffe sind, die Informationen transportieren, oder?"

„Äh, aber …", beginnt Oma. Diesmal unterbreche ich sie. „Aber das Wichtigste weißt du noch gar nicht. Jan-Horst ist verheiratet! Mit Anneliese Schröder!"

Mit allem hätte ich gerechnet: dass Oma Gas gibt vor lauter Wut oder eine Vollbremsung hinlegt vor Schreck, dass sie einen Heulkrampf bekommt oder sich tausendmal bei mir bedankt, weil ich sie gerade vor dem peinlichsten Reinfall ihres Lebens bewahrt habe. Aber ich hätte nicht damit gerechnet, dass Oma nur mit den Schultern zuckt. „Was ist daran denn so schlimm?"

Ich bin sprachlos! Was soll ich dazu noch sagen? So was gibt es doch gar nicht! Schließlich presse ich hervor: „Ich hätte nicht gedacht, dass du so abgebrüht bist! Dann macht es dir ja sicher auch nichts aus, wenn Mama und Papa sich scheiden lassen. Hast du Mama vielleicht noch ein paar Tipps gegeben für den Schleimer aus dem Modeladen? Eins sag ich dir: Mir kann das ganze Theater mit der Liebe gestohlen bleiben! Wenn Liebe plötzlich aufhört, als würde man einen anderen Radiosender einstellen, dann kann man es ja auch gleich bleiben lassen!"

Jetzt ist Oma sprachlos. Und diesmal fährt sie an den Straßenrand und stellt den Motor ab.

„Ich verstehe kein Wort, Vivien. Wovon redest du eigentlich?"

„Das fragst du mich?", sage ich empört. „Du hast doch mit dem ganzen Mist angefangen! Plötzlich liebst du Opa nicht mehr, sondern diesen doofen Jan-Horst. Opa ist traurig, aber es ist dir egal. Jan-Horst ist verheiratet, aber es ist dir egal! Dir ist wohl alles egal! Und das soll Liebe sein? Wenn unsere Familie auch noch kaputtgeht – ist dir das dann auch egal?"

Oma schüttelt den Kopf und reibt sich mit beiden Händen über die Stirn.

„Ich bin ein Rindvieh, Vivien", sagt sie schließlich. „Ich habe einen riesengroßen Fehler gemacht."

„Glaub ich auch!"

„Es ist nicht so, wie du denkst. Die Freundschaft mit Jan-Horst ist rein platonisch."

Hä? Ich kenne Spanisch oder Französisch – aber Platonisch? Oma Hilde bemerkt meinen verständnislosen Gesichtsausdruck. „Das bedeutet, dass wir uns auf geistigem Gebiet gut verstehen, Vivien. Es gibt keine Küsse und keine Streicheleinheiten, es ist einfach nur eine Freundschaft. Ich gebe zu, ich wollte Jens eifersüchtig machen. Deshalb habe ich so getan, als gäbe es einen neuen Mann in meinem

Leben. Oder zumindest einen, der gerne der neue Mann in meinem Leben werden würde. Es tut mir leid, dass ich dich damit so verwirrt habe."

Verwirrt bin ich allerdings immer noch. Doch ich kapiere langsam, aber sicher, dass die Lage nicht ganz so dramatisch ist, wie ich befürchtet hatte. Oma hat also nur eine Show abgezogen, und wir haben alle geglaubt, sie würde fremdgehen.

„Ich wollte, dass Jens mich wieder mehr beachtet. Ich wollte nicht in einem langweiligen Alltagstrott versinken, jetzt, wo wir viel mehr Zeit miteinander verbringen können als früher", erklärt Oma weiter. „Und stell dir mal vor – heute beim Frühstück hat Jens mir eine Einladung geschenkt. Wir machen zusammen eine Stadtführung und gehen ins Museum und ins Theatercafé. Und er hat sogar Blumen auf den Tisch gestellt, das war wirklich zauberhaft!"

Ich muss grinsen. Opa hat also endlich getan, was ich ihm aufgetragen habe. Und Oma scheint wirklich begeistert zu sein.

„Eins musst du wissen, Vivien. Ich liebe deinen Opa. Und diese Liebe hat nie aufgehört und wird auch niemals aufhören. Manchmal streitet man sich oder nervt sich sogar gegenseitig, aber davon stirbt nicht gleich die Liebe. Und wenn Ramona und Jörg in letzter Zeit Probleme miteinander hatten, wird sich das auch wieder einrenken!"

„Meinst du?", frage ich unsicher.

„Ganz bestimmt", versichert Oma mir. „Wenn ich gewusst hätte, dass du dir solche Gedanken machen würdest, Vivi-Spatz, dann hätte ich anders gehandelt." Oma legt mir eine Hand auf den Arm. „Oder", grinst sie, „ich hätte dich zumindest vorher eingeweiht."

Nachdem Oma den Wagen wieder gestartet hat, erzählt sie mir, dass sie Anneliese Schröder sogar schon in ihrem Atelier besucht hat. „Anneliese ist sehr in ihre Arbeit vertieft, weißt du", erklärt sie. „Sie ist eine ganz reizende Person, und sie hat absolut nichts dagegen, dass ihr Mann auch mal ohne sie etwas unternimmt! Nun, heute wirst du sie ja alle beide kennenlernen."

„Was hättest du eigentlich gemacht, wenn Opa Jens heute mitgekommen wäre?", will ich wissen.

„Nichts! Ich hätte geschaut, wie die Dinge sich entwickeln", sagt Oma leichthin.

Auf den letzten Metern zur Galerie bekomme ich plötzlich weiche Knie. In der Einfahrt steht nämlich ein weißer VW-Lieferwagen. Und auf der Karosserie ist in geschwungenen, mit Blüten verzierten Buchstaben das Wort *Potpourri* zu lesen. Was macht der Wagen denn hier? Während Oma schwungvoll vorausgeht, schleiche ich schlotternd hinterher. Im Ausstellungsraum stehen lauter schick gekleidete

Erwachsene in kleinen Grüppchen beisammen und plaudern. Die meisten halten ein Glas Sekt in der Hand. Von den Wänden leuchten bunt die Pflanzen und Blüten auf Anneliese Schröders Bildern. Direkt neben dem Eingang hängen eine rote Mohnblume und eine blaue Kornblume in Aquarell. Und als Mo plötzlich vor mir steht, weiß ich: Seine Augen sind kornblumenblau! Ich schlucke und kann leider wieder mal keinen vernünftigen Satz sagen. Mir gehen nämlich mindestens hundert Gedanken gleichzeitig durch den Kopf. Das Gespräch mit Nici zieht noch einmal an mir vorbei, und die Frage, ob Mo mich nach meinem peinlichen Auftritt im *Potpourri* überhaupt noch leiden kann, verstopft meine Gehirnwindungen zusätzlich.

„Hallo, Dornröschen“, sagt Mo und grinst frech. Dann schnappt er sich meine Hand und begutachtet den Finger, den er im *Potpourri* neulich mit Küchenkrepp verarztet hat. „Alles wieder okay?“, fragt er. Ich nicke wortlos.

„Mein Vater und ich haben hier die Bodenvasen mit frischen Blumen bestückt“, erklärt Mo. Er lässt meine Hand los und deutet auf den hinteren Teil des Ausstellungsraums. „Ich muss jetzt los. Am Dienstag bin ich wieder im Laden, von drei bis vier. Wenn du Lust hast, komm doch vorbei.“

Ich nicke noch einmal und schon ist Mo verschwunden. Er mag mich! Er hat mich Dornröschen genannt und mich ins *Potpourri* eingeladen! So einfach ist das also. Auf einmal fühle ich mich, als hätte ich auch ein Glas Sekt getrunken. Dabei weiß ich gar nicht, wie Sekt schmeckt. Aber es fühlt sich an, als würden lauter blubbernde kleine Perlen in mir aufsteigen, und meine Laune ist schlagartig supergut!

Meine ganze Familie sitzt um den Esstisch. Mama hat heute wieder frischen Hefekuchen gebacken. Angeschnitten ist er allerdings noch nicht. Oma Hilde hat den Familienrat einberufen. Gestern sind Mama und Papa aus Paris zurückgekommen. Seitdem turteln sie ständig herum. Hier ein Küsschen, da ein Küsschen – es ist kaum auszuhalten! Na ja, ich kann mich eigentlich nicht beschweren. Schließlich scheint mein Romantik-Rezept ziemlich gut funktioniert zu haben.

„Eigentlich ist das eine Sache zwischen Jens und mir", sagt Oma Hilde jetzt und schaut uns der Reihe nach an. Sie hat gerade den anderen ihr Jan-Horst-Geheimnis verraten. Nun wissen alle Bescheid, dass sie ein bisschen Theater gespielt hat – worüber sich Mama im ersten Moment ziemlich aufregt. „Wir haben uns ausgesprochen", fährt Oma fort, „und eine sehr gute Lösung gefunden. Wir haben uns nämlich darauf geeinigt, dass wir mindestens zweimal pro Monat gemeinsam etwas unternehmen."

Opa Jens nickt. „Meine Hemden werde ich ab jetzt öfter mal selber bügeln, so schwer kann das ja nicht sein. Außerdem bleibt der Fernseher bei uns ab sofort am Wochenende immer aus", fügt er hinzu.

Wahrscheinlich ist er einfach richtig froh, dass Oma ihn doch immer noch liebt, denke ich bei mir.

Die fährt fort: „Ich habe euch das alles überhaupt nur erzählt, weil Vivien durch die ganze Sache auf völlig falsche Gedanken gekommen ist und es da noch einiges zu klären gibt. Ich nehme doch nicht an, dass ihr euch scheiden lassen wollt, oder?"

Nathalie reißt entsetzt die Augen auf. „Wer will sich hier scheiden lassen?"

„Niemand", sagt Mama verwirrt.

„Also wir jedenfalls nicht", bestätigt Papa.

„Dann darfst du aber auch nichts mit deiner Kollegin anfangen!", fordere ich.

„Welche Kollegin?"

„Die Blonde, der du beim Mittagessen dein Dessert geschenkt hast. Und dann hast du den Arm um sie gelegt! Und der Blumenstrauß? Der war ja wohl auch für sie!"

„Wie bitte?", fragt Mama jetzt alarmiert.

„Moment mal!", ruft Papa. „Ich finde es nicht besonders witzig, dass mich offenbar meine eigene Tochter ausspioniert. Aber wenn du das schon tust, Vivien, dann solltest du aus deinen Beobachtungen wenigstens nicht die falschen Schlüsse ziehen!"

„Und was sind die richtigen Schlüsse?", frage ich trotzig nach.

„Meine Kollegin Sabine ist frisch verheiratet. Außerdem bekommt sie ein Baby. Weil sie schon seit drei Jahren versucht hat, schwanger zu werden, und die Hoffnung fast schon aufgegeben hatte, ist diese Schwangerschaft für sie etwas ganz Besonderes. Deshalb habe ich ihr mit einem Blumenstrauß dazu gratuliert. Zurzeit hat Sabine immer wieder Heißhungeranfälle und manchmal auch Kreislaufprobleme. Darum hat sie in letzter Zeit ein paar Mal mein Dessert bekommen. Und neulich habe ich sie vorsichtshalber gestützt, weil ihr beim Aufstehen etwas schwindelig wurde. Das wird ja wohl noch erlaubt sein!"

„Sabine ist endlich schwanger? Das ist ja toll! Sie hatte mir bei eurem Betriebsfest von ihrem Problem erzählt", sagt Mama begeistert und gibt Papa schon wieder ein Küsschen.

Ich sinke peinlich berührt in mir zusammen. Auf die Idee wäre ich wirklich nicht gekommen. Dann setze ich mich wieder gerade hin. „Und du, Mama", will ich jetzt wissen, „warum hast du in letzter Zeit so gute Laune?"

„Wahrscheinlich wegen der Glückshormone!", lächelt Mama.

Oh nein! Schon wieder diese Hormone! Müssen die sich eigentlich immer einmischen?

„Und diese Glückshormone werden immer aktiv, wenn der Typ sich bei dir im Laden beraten lässt, ja?", raunze ich etwas ärgerlich.

„Welcher Typ?", fragt Mama verblüfft.

„Na, der ... der ... äh ..." Blöd, ich kann den Mann gar nicht richtig beschreiben. Gesehen habe ich ihn ja auch nicht wirklich. „Der, der sich in dich verknallt hat!" sage ich jetzt.

„Es würde mir ja sehr schmeicheln, wenn sich einer in mich verguckt hätte, Vivi. Aber bis jetzt weiß ich nichts davon. Die Glückshormone, von denen ich gesprochen habe, die verschaffe ich mir selber – beim Joggen!"

Ich schaue anscheinend ziemlich ungläubig in die Runde. Deshalb erklären Mama und Nathalie mir jetzt abwechselnd, dass der Körper beim Laufen nach einer gewissen Zeit tatsächlich ein Hormon ausschüttet, das für gute Laune sorgt. „Ein gerechter Ausgleich für die Plackerei, wie ich finde", ergänzt Mama. „Außerdem habe ich tatsächlich schon zwei Kilo abgenommen und das freut mich natürlich zusätzlich. In der neuen Sommerkollektion gibt es ein paar wunderbare Kleider – und ich werde wahrscheinlich sogar reinpassen!"

„Natürlich wirst du das", sagt Papa und gibt Mama einen Kuss. „Aber ich liebe dich auch, wenn du alte Kartoffelsäcke trägst!"

Nathalie und ich verdrehen die Augen und seufzen lautstark. Und plötzlich müssen wir alle lachen. Oma zwinkert mir zu. „Dann haben wir ja jetzt das Wichtigste geklärt, oder?" Mama schneidet den Hefekuchen an, und ich beiße genüsslich in mein Stück. Hefekuchen ist und bleibt einfach mein absoluter Lieblingskuchen!

Während Mama und Papa ausgiebig von Paris erzählen, stupse ich Oma an. Etwas muss ich nämlich trotzdem noch wissen. „Woher wusstest du damals, dass ihr gut zusammenpasst, der Opa und du?", frage ich leise.

„Zuerst war's nur ein Gefühl", erzählt Oma und ihre Augen leuchten jetzt richtig. „Je mehr ich Jens dann kennenlernte, desto sicherer wurde ich, dass mein Gefühl mich nicht täuscht. Und ihm ging es genauso."

Ich berichte Oma von den Clublisten, die Nici und ich angelegt haben, und von den Plus- und Minuspunkten.

„Ein paar Gemeinsamkeiten zu haben und auch den Verstand einzuschalten, kann nicht schaden", stimmt Oma mir zu und trinkt einen Schluck Kaffee. „Aber man muss wirklich nicht in allen Punkten hundertprozentig übereinstimmen. Wichtig ist, dass niemand den anderen zu etwas zwingt, das er überhaupt nicht will. Vor allem muss man miteinander reden und sich verstehen. Und dazu braucht man nicht nur den Verstand, sondern auch Gefühl!"

Ich sitze im Schneidersitz auf meinem Plüschsessel und fingere nervös einen Verschluss an die Perlenkette, die ich gerade aufgefädelt habe. Diesmal besteht sie aus lauter Perlen in Rosa und Orange.

Nici steht vor meinem Kleiderschrank und sucht nach einem passenden Teil, das ich nachher anziehen kann. Ich habe ihr gerade ausführlich vom Familienrat erzählt.

„Das Verwirrende ist, dass eigentlich alles okay ist", überlege ich laut.

„Was soll daran verwirrend sein?", fragt Nici zerstreut und wühlt mein grünes T-Shirt hervor, das mit weißen Blüten bedruckt ist. „Unser Club hat jetzt gar keine richtige Aufgabe mehr. Nathalie hat ihren Liebeskummer längst hinter sich und ist frisch verliebt. Bei meinen Eltern ist sowieso alles in bester Ordnung; ich war völlig auf dem Holzweg. Sogar meine Großeltern haben ihre Probleme auf einmal selber gelöst. Und du … na ja, du hast dich auch nicht abschrecken lassen, was Sven betrifft. Dabei hätten wir früher oder später bestimmt noch ein paar Minuspunkte gefunden."

„Jetzt vergiss mal die Minuspunkte und zieh lieber das T-Shirt hier an."

„Wieso denn gerade das?"

„Es passt sehr gut zu deiner Augenfarbe, es passt zu deinem Jeansrock und es ist mit Blüten bedruckt. Was Passenderes kann es für dein Date im *Potpourri* gar nicht geben!"

Ich schaue auf meine Armbanduhr. Nur noch eine halbe Stunde, bis ich Mo im Blumenladen treffen werde. Als ich mir das T-Shirt über den Kopf ziehe, fällt mein Blick auf das Liebesretter-Clubschild, das immer noch an der Türklinke baumelt.

„Nici, ich fürchte, wir müssen unseren Club auflösen. Er hat sich ja schon von selbst irgendwie in Luft aufgelöst, findest du nicht?"

„Korrekt", sagt Nici, grabscht nach der beklebten Postkarte und zerreißt sie blitzschnell in kleine Einzelteile. Nur die beiden Puzzleteile legt sie zur Seite.

„Der Papierkorb steht unterm Schreibtisch", sage ich mit leichtem Bedauern. „Aber es hat doch auch Spaß gemacht, oder?"

„Klar", stimmt Nici mir zu und bückt sich. „Es gibt aber noch mehr Sachen im Leben, die Spaß machen." Sie richtet sich wieder auf und balanciert plötzlich den Minikaktus auf ihrer Handfläche. „Darf ich erfahren, warum dieser Kaktus *unter* deinem Schreibtisch steht?"

„Äh … das war ein Experiment", murmele ich.

„Wolltest du herausfinden, wie Kakteen sich unter besonders ungünstigen Lichtverhältnissen entwickeln?", fragt Nici kichernd.

„Nee, ich wollte wissen, ob ein Kaktus unterm Tisch die Vergesslichkeit fördert."

Nici tippt sich an die Stirn. „Das muss ich nicht unbedingt verstehen, oder?", grinst sie.

„Nicht unbedingt. Das Experiment ist übrigens sowieso gescheitert."

„Hauptsache, deine Verabredung scheitert nicht. Viel Glück!"

Sekunden später fällt die Haustür ins Schloss und ich winke Nici noch kurz durchs Fenster zu, als sie sich auf ihr Fahrrad schwingt.

Ich werde zu Fuß zum *Potpourri* gehen. Aufgeregt schlüpfe ich in meine grünen Ballerinas, setze mir die grüne Häkelmütze auf den Kopf und hänge mir meine Leinentasche über die Schulter.

Als ich einen letzten Blick in den Spiegel werfe, spreche ich mir in Gedanken selbst Mut zu. Ich bin nicht auf dem Weg zu meiner Hochzeit, sondern nur zu einer Verabredung!

Und wenn ich in Mos Gegenwart wieder nicht normal sprechen kann? Dann müssen wir unsere Gespräche eben in Zeichensprache führen. Geht ja notfalls auch. Hauptsache, wir verstehen uns. Ich bin jedenfalls vorbereitet. Was ich bis vor Kurzem nur mit Nici geteilt hätte, habe ich jetzt für Mo und mich eingesteckt: eine Prinzenrolle!

Und für den Fall, dass wir noch zusammen mit Tommi auf den Spielplatz gehen, habe ich zwei von meinen alten

Sandförmchen aus dem Keller geholt. Rein zufällig haben sie Herzchenform.

Bevor ich mich auf den Weg mache, stelle ich den Kaktus auf die Fensterbank, wo er eindeutig mehr Licht bekommt als unter dem Schreibtisch, und werfe ihm eine Kusshand zu. Eigentlich ist das stachelige kleine Ding ja doch ganz hübsch. Und was Kakteen und Jungs sonst noch für Pluspunkte haben? Ich werde es herausfinden!

Lust auf noch eine tolle just girls-Story?

DAS FreundinnenWUNDER

Zum Probelesen einmal umblättern …

Wer will schon Villa?

Also, meine Schwester Karo und ich, wir sind uns in letzter Zeit höchst selten einig. Aber dieses eine denkwürdige Mal stehen wir echt mal auf der gleichen Seite. Auf der Wir-wollen-nicht-umziehen-Seite.

Gespannt schaue ich zwischen meiner Mutter und meinem Vater hin und her. Hier geht's ja fast zu wie auf dem Tennisplatz!

Achtung, Papa wirft: „Das ist eine wunderbare Gelegenheit! Auf diesen Job habe ich schon so lange gewartet!!"

Mama: nickt und schaut uns tröstend an. Immerhin scheint sie ja wohl zu merken, dass hier gerade ein mittlerer Weltuntergang läuft. „Ihr werdet euch bestimmt schnell eingewöhnen. Das ist ein sehr nettes kleines Städtchen."

Würg! Ich will nicht in irgend so ein blödes kleines nettes Kaff. Nett wie Omas Häkeldecke in schlammgrün, oder wie?

In meinem Kopf achterbahnt es total.

Achtung, Mama wirft den Ball zurück: „Ihr werdet staunen! Wir wohnen dort in einer richtig luxuriösen Villa, mit riesigen Zimmern."

Unsicher trete ich von einem Fuß auf den anderen. Ich muss mir einen superwichtigen Grund einfallen lassen, weswegen wir hierbleiben müssen. Dann wird Mama und Papa sofort und auf der Stelle sonnenklar, dass wir hier einfach nicht wegkönnen!

Auf meiner Gedankenachterbahn rattere ich schnell alle möglichen Hierbleibgründe runter. In jedem Wagen sitzt ein anderer.

Meine große Schwester ist da viel cleverer. Die pfeift nämlich auf die ganze Überzeugungsarbeit und startet einfach die volle Gefühlsrakete. Ihre Wangen sind rot, und diesmal ausnahmsweise nicht von ihrer Make-up-Farbtopftauchaktion. Nein, sie ist stinksauer und versucht erst gar nicht, das zu verbergen: „Ihr könnt das doch nicht ernst meinen?"

Raketenstart ist eingeleitet.

10 „Mitten im Schulhalbjahr?"

9 „Und meine Hip-Hop-AG?"

8 „Euch ist klar ...

7 ... dass ich dort ...

6 ... alles ...

5 ... ganz grauenhaft finden werde?!"

Trotz Trauergrübelei beobachte ich interessiert, wie meine Schwester zu zittern beginnt. Als hätte sie einen Rasenmäher verschluckt!

4 „Was soll denn mit meinen Freunden werden?

3 Ihr ...

2 ... könnt mich doch nicht ...

1 ... einfach so von Tom wegreißen."

Start!

Die Tränen fließen jetzt ungehindert über ihr Gesicht und bilden zusammen mit der Wimperntusche schwarze Trauerbäche.

Typisch Schwesterherz! Das Wichtigste überhaupt ist seit ein paar Wochen sowieso nur ihr Freund: Tom. Oder „Schmalzlocke", wie ich ihn heimlich nenne.

Er geht mit Karo in dieselbe Klasse. Manchmal bekomme ich das Liebesglück mit, wenn die zwei auf dem Schulhof Händchen halten. Ich verstehe einfach nicht, was die an dem findet. Es gibt viel süßere Typen in ihrer Klasse. Chris zum Beispiel, dieser witzige Typ mit dem Skateboard. Wenn sie den gut fände, das könnte ich schon irgendwie verstehen. Aber *Tom*? Der ist dermaßen schmalzig, da rutsch ich ja glatt beim Hinsehen aus!

Meine Eltern haben inzwischen das Worttennisspiel aufgegeben. Kein Wunder – so ein Raketenstart à la Karo ist ja auch viel dramatischer.

Sie haben sich wohl immer noch nicht ganz an ihre Temperamentsausbrüche gewöhnt. Kein Wort ist im letzten Jahr so häufig gefallen wie PUBERTÄT!

Und ich hautnah mittendrin. Bei jeder Gelegenheit geht meine Schwester an die Decke und schmiert mir aufs Butterbrot, wie klein ich noch bin und dass ich das alles noch nicht verstehen könne. Was auch immer „das" sein soll.

Ihr Lieblingsspruch: „Ich will manchmal gar nicht frech sein, ich muss aber irgendwie."

Zum Schluss wackeln Mama und Papa dann auch noch verständnisvoll mit ihren Köpfen: „Ach ja, die Pubertät, so ist es halt, und hoffentlich ist sie bald vorbei."

Also, wenn man mich fragt, ist das bloß Quatsch im Quadrat. Die soll sich einfach mal zusammenreißen!

Kürzlich zum Beispiel, da hat sie sich echt was geleistet. Ich habe für ihren Geschmack zu lange mit Sorina telefoniert – Karos Handy war wie immer leer, und so brauchte sie *unbedingt* das Telefon, weil sie *unbedingt* Tom anrufen musste – SOFORT. Tja, und weil ich nicht schnell genug aufgelegt habe, hat sie dann einen ihrer legendären Wutausbrüche bekommen – den Sorina am anderen Ende der Leitung natürlich in Echtzeit miterleben durfte. Sorinas einziger Kommentar zu der Schreierei: „Hey Lilli, du bist meine beste Freundin, und Karo ist deine Schwester. Familie und so. Aber ich muss es dir leider sagen: Die spinnt total!"

Und das finde ich auch! Karo hat einfach 'ne lockere Schraube, also 'ne Schraube locker. Und egoistisch ist die bis zum Gehtnichtmehr. Nie hält sie zu mir oder so. Immer macht sie einen Riesenwirbel um ihren Kram. Und dann hat sie mir auch noch diesen furchtbaren Spitznamen verpasst: „Krümel." Voll die Frechheit!

Karos Gekreische holt mich in die Gegenwart zurück.

Paps versucht gerade, sie zu trösten: „Du wirst schon jemand anders finden", versucht er es im Guten.

Doch Karo zündet eine weitere Raketenstufe: „Ihr habt ja keine Ahnung! So etwas gibt es nur EINMAL! Das ist echte Liebe!"

Dramatische Schlussszene: Sie wendet sich ab und stürzt Türen knallend in ihr Zimmer.

Mama und Papa bleiben zurück und wechseln einen betroffenen Blick.

Ich hüstele dezent. Äh, hallo, ihr habt noch eine Tochter, die steht hier rum, und keiner hört zu! Missmutig starre ich die beiden an, räuspere mich noch einmal und lege nun in der gleichen Tonart los, in der immer diese lässige Anwältin in meiner Lieblingsserie alle ihre Fälle gewinnt. „So ein Umzug ist doch auf jeden Fall viel zu teuer, Papa", stelle ich sachlich fest: „Du könntest bestimmt auch hier irgendwo in der Nähe einen Job finden." Ein Eins-a-Argument, wie ich finde, und dann noch in diesem vernünftigen Ton – ohne Gezeter und Gemecker. Jetzt müsste eigentlich so was kommen wie: „Natürlich, natürlich Frau Anwältin ... äh ... Lilli ... wir bleiben selbstverständlich hier. Für immer."

Aber Papa kennt, glaub ich, die Serie nicht: Der ignoriert nämlich einfach meinen Überzeugungsversuch, steht auf, kommt zu mir und drückt mich fest an sich. „Glaub mir", versichert er mit zuversichtlichem Lächeln, „du lebst dich bestimmt ganz schnell ein und findest viele neue Freunde."

Mama nickt und lächelt ebenso hartnäckig: „Und von dem neuen Haus wirst du ganz begeistert sein, wirklich."

Das ist ja wohl die Höhe! Hört mir denn hier keiner zu? Mit Karo haben sie doch auch nicht das Komm-her-Kleine-Beruhigungsprogramm abgespult! Klar – die wäre ja gleich noch höher an die Decke gegangen. Aber ich gehe jetzt auch – nämlich in mein Zimmer! „Hmpf", ist alles, was ich noch herausbringe, bevor ich mit, wie ich finde, vielsagendem Blick aus dem Wohnzimmer stürme. Oder genauer gesagt: stürmen will. Denn auf einmal fällt mir etwas ein, und ich bremse so abrupt ab, dass der Teppich staubt.

„Mama, was ist denn mit meinem Training?", frage ich anklagend. „Muss ich ab jetzt einsam und allein die Bälle durch die Gegend werfen, oder was?"

Seit einigen Wochen bin ich nämlich mit Sorina in der Schul-Jonglier-AG. Das macht Riesenspaß, auch wenn es am Anfang eher aussah wie ein Profi-Blumenpflücker-Kurs: Mir sind andauernd die Bälle runtergefallen, die ja leider nicht von alleine wieder in die Hände zurückspringen. Aber mit zwei Bällen geht es inzwischen, und nun übe ich auch schon wie wild mit drei Bällen. Zu Hause nehme ich Tücher zum Trainieren: pink, türkis und gelb – richtig cool sieht das aus. Wir müssen uns noch ein bisschen steigern, aber dann wollen Sorina und ich eine richtig gute Jonglier-Nummer einstudieren und damit auch mal irgendwo auftreten. Wie man sieht, geht es hier also um meine Zukunft als Showstar, und deswegen kann ich *unter keinen Umständen* einfach wegziehen!

Aber anscheinend sehen Mama und Papa meine Zukunft woanders.

„Mach dir mal keine Sorgen." Aufmunterndes Lächeln.

Ich verdrehe innerlich die Augen. Wie soll ich das denn anstellen: mir keine *Sorgen* zu machen?

„Ich verspreche dir ...", behauptet meine Mutter nun, immer noch mit diesem aufmunternden Dauer-Lächeln im Gesicht, „... dass wir für dich etwas anderes organisieren werden."

„Etwas anderes!" Also, jetzt verdrehe ich die Augen wirklich. „Mama, ich will nichts anderes." Ich schlucke. „Ich will mit Sorina weiter in der AG trainieren." Bei der Vorstellung, meine beste Freundin nicht mehr jeden Tag sehen zu können, noch nicht mal jede Woche, gehen mir alle Argumente flöten. Auf einmal habe ich nur noch einen dicken Kloß im Hals. Jetzt bloß nicht losheulen. Sonst denken die noch wer weiß was von mir. Obwohl …

Das wäre eigentlich keine schlechte Idee. Ob Tränen die harten Herzen der beiden erweichen können? Schnell stelle ich mir die Abschiedsszene vor. Sorina und ich am letzten Schultag, ein letztes Winken … Viel mehr braucht es gar nicht. In Mikrosekunden steht das Wasser in meinen Augen und droht überzulaufen. „Bitte", setze ich mit zitternder Stimme an. „Bi…"

Mist! Genau in diesem Augenblick kommt meine Schwester elefantös hereingestampft und baut sich trotzig vor Mama und Papa auf.

„Ich gehe zu Tom. Wir wollen ins Kino."

„Was, *jetzt* noch? Weißt du eigentlich, wie spät es ist?" Mamas missbilligender Ton löst natürlich gleich wieder Gezeter aus.

„Erst wollt ihr uns auseinanderreißen. Jetzt darf ich nicht mehr ins Kino mit ihm?"

„Doch, doch …" Papa winkt schnell ab. Erstaunt schau ich ihn an: Er wirkt inzwischen doch ein bisschen erschöpft. „Ruf mich an, wenn der Film vorbei ist, ich hole euch dann ab."

„Abholen?", fragt sie entrüstet nach. Als würde man ihr anbieten, mit einem Dreirad zu fahren.

Aber Mama hat jetzt offensichtlich die Faxen dicke. „Du hast morgen Schule, mit der Bahn bist du doch erst wer weiß wann daheim. Entweder holt Papa dich ab, oder du bleibst hier."

Der Streit, der jetzt vom Zaun bricht, lässt sich schnell zusammenfassen: Kreisch, kreisch und noch ein bisschen mehr Gekreisch.

Unbemerkt schlüpfe ich in mein Zimmer. Auf mich achtet ja wohl heute eh keiner mehr. Vorsichtig schließe ich die Tür hinter mir und setze mich nachdenklich aufs Bett.

Hm, was soll ich bloß machen? Ob es irgendetwas anderes gibt, was das Umzugsprogramm meiner Eltern stoppen könnte? Eine Unterschriftenaktion? Ein Jahr abwaschen? Am liebsten würde ich einfach bei Sorina einziehen. Dann wäre auch das Problem mit meiner Nervschwester gelöst. Haha.

Ich seufze ungefähr so tief wie ein Nilpferd mit Asthmaproblemen und schaue auf die Uhr. Noch zwei unendliche Stunden, dann kommt Sorina endlich von ihrer Mathenachhilfe. Ich muss sie unbedingt anrufen. Vielleicht fällt ihr was ein, obwohl – irgendwie bringt das alles nichts. Wahrscheinlich können Karo und ich jammern, diskutieren und Raketen zünden, so viel wir wollen … Mir ist vor Aufregung jetzt wirklich etwas zittrig, und so greife ich rasch unter die Bettdecke.

Ah, da ist er: mein alter Kuschelplüschkater.

Ich glaube, er braucht auch etwas Trost und muss ein wenig geknuddelt werden. Klar, das würde ich jetzt nicht so in aller Öffentlichkeit herumposaunen – Sorina hat schon seit Ewigkeiten keine Plüschtiere mehr. Behauptet sie zumindest immer. Aber wir zwei – Kater und ich – sind hier ja unter uns. Er wird mich schon nicht verpetzen.

Trotzdem, ich darf gar nicht daran denken, wie Karo losbrüllen würde, wenn sie das sähe.

Ich streichele über sein abgeknuddeltes Fell und seufze. Früher war Karo gar nicht so zickig. Okay, okay – gestritten habe wir schon ab und zu. Aber in letzter Zeit ist sie nur noch mit Schminken und Rumzicken beschäftigt. Vor allem meckert die Irre immer rum und behauptet, ich wäre zu laut.

Dabei hat sie es gerade nötig! Wenn Karo ihren Hip-Hop hört, bebt doch die ganze Straße! Ich dagegen, na ja …

Ich schiele zu meiner *winzig kleinen* Anlage, die beim Fenster in meiner Musikecke steht … was soll die schon zum Beben bringen – Katers Plastikschnurrhaare?

Ich stehe auf und gehe zur Anlage. Meine und Sorinas Lieblings-CD von Hannah Montana liegt noch drin. Ein Knopfdruck, die Musik startet – und ich muss daran denken, dass es auch das bald nicht mehr geben wird: Wenn Karo ihre Hip-Hop-AG hat, nutzen Sorina und ich nämlich regelmäßig die sturmfreie Bude. Dann werfen wir uns in die ausgeflipptesten Outfits und stellen uns vor, wir seien zwei große Stars. Wo wir schon mal dabei sind: Sorina sieht auch irgendwie richtig nach Star aus, mit ihren abgefahrenen Klamotten, den glänzenden glatten Haaren und den langen Beinen. Kein Wunder, dass die Jungs Sorina alle super finden.

Dagegen finde ich mich ziemlich durchschnittlich: mit meinen braunen Spaghettihaaren. Voll die graue Maus. Sorina sagt immer, ich spinne, und sie hätte gern meine grünen Katzen-Augen.

Na ja, wenn sie meint … Während ich mich aufs Bett werfe und zuhöre, wie Hannah singt, fehlt mir meine Freundin jetzt schon.

Das wird öde wie Wüste: kein Tratsch, kein Klatsch, keine gemeinsamen Lach-Anfälle mehr – ich werde mich zu Tode langweilen und vor Einsamkeit eingehen wie eine ungegossene Zimmerpalme.

Von wegen: *schnell neue Freunde finden.* In so einem kleinen Kaff, wo sich alle schon kennen? Was die da wohl für Geschäfte haben? Statt H & M wohl Hühner und Matsch? Wo ich doch so gern shoppen gehe. Eltern haben echt keinen blassen Schimmer vom wahren Leben.

Schnell spule ich vorwärts zum letzten Lied der CD. Das finde ich echt am allerbesten. Sehnsüchtig schaue ich wieder auf das neueste Poster. Da sieht man Hannah in ihrem

Zimmer: Glücklich lächelnd sitzt sie auf einem riesigen Himmelbett, mit ganz wunderschöner pastellgelber Bettwäsche und mindestens 25 Kissen darauf.

Schnell scanne ich meine eigene Lilli-Bude. Mein altes Bett – total schmal und unspektakulär. Aber was Größeres hat halt nicht ins Zimmer gepasst. Moment mal ...

Vielleicht springt ja wenigstens *etwas* Gutes bei der ganzen Umzugsaktion für Karo und mich raus? „Riesengroße Zimmer?" Hm, also mehr Platz – das wäre schon nicht schlecht ... Und wenn ich schon umziehen muss ... hab ich auch schon eine Idee, wie!

Schnell stehe ich auf und löse vorsichtig das neue Hannah-Himmelbett-Poster von der Wand. Genau in der Farbe soll mein Zimmer gestrichen werden. Und am liebsten hätte ich genau so ein Himmelbett und mindestens 50 Kissen. Jetzt komme ich in Fahrt. Eine neue Anlage und einen Fernseher im Zimmer könnte ich auch gut gebrauchen.

Aber, na ja, ich will mir mal nichts vormachen. *Soooo* ein schlechtes Gewissen haben meine Eltern dann wohl doch nicht. Nee. Der Fernseher muss wohl noch warten, bis ein größerer Härtefall eintritt. Wer weiß, meinen Eltern traue ich alles zu, vielleicht wollen sie ja demnächst nach Bagdad auswandern!

Miss Tollpatsch

Alles Bitten und Betteln umsonst!

Keine Sorina! Kein Tom!

Stattdessen: Ein neues Leben beginnt!

Was anderes war ja nicht ernsthaft zu erwarten. Wir waren in den letzten acht Wochen wirklich nur mit Packen, Räumen, Schuften, Verabschieden beschäftigt. Trotzdem hat ein Teil von mir immer noch geglaubt, dass das Wunder geschieht, sprich: Papa kommt und verkündet: „Hey Mädels – ich hab es mir anders überlegt!"

Aber ich lebe wohl in einer 100-prozentig wunderfreien Zone – und so ist es jetzt eben doch so weit: Ich stehe in meinem Fast-Ex-Zimmer und sehe schlecht gelaunt zu, wie die Umzugsleute unser altes Zuhause in praktische braune Kisten verpacken. Sie laden alles auf den riesigen Umzugswagen und fahren damit in Richtung neues *Kaff-Zuhause.*

Und wir vier fahren hinterher – Mama und Papa betont fröhlich schwatzend vorne, Karo und ich trübsinnig hinten auf der Bank: traurige SMS verschickend.

Die nächsten zwei Stunden kommen mir wie eine Ewigkeit vor. Irgendwann biegen wir von der Autobahn ab und zockeln kurz darauf durch die Straßen unserer neuen „Stadt" – im Vergleich zu Berlin ein größeres Vogelnest!

„Die Siedlerstraße liegt etwas am Rand, aber es gibt eine tolle Busverbindung zur Schule!", ruft Mama nach hinten in so aufgedrehtem Ton, als hätte sie verkündet, unsere Nachbarn wären Heidi Klum und Seal.

„Was für ein Dorf!", flüstere ich Karo zu, die mir ausnahmsweise einmal zustimmt. Wo sind die Läden? Wo die Cafés?

Weder vom einen noch vom anderen ist etwas zu sehen. Und es wird immer übler: Paps biegt in eine *noch* kleinere Straße und parkt vorsichtig hinter dem Umzugswagen in der Auffahrt. Wir sind ganz schön geplättet. Paps hat nicht zu viel versprochen, wirklich eine richtige Villa – mit nur zwei Stockwerken, und wir werden die komplette erste Etage bewohnen!

„Nichts wir rein!", ruft Paps. Die Türen sind eh schon offen, weil die Umzugsleute fleißig Kisten ins Haus schleppen.

Vorsichtig schleichen Karo und ich Papa in den Hausflur nach, die Treppe hoch und durch die offene Eingangstür unserer neuen Wohnung.

Ich nicke. Kaff hin, Kaff her – die Wohnung ist riesig! Und sie hat irgendwie Stil: Der Fußboden ist aus Holz und glänzt richtig. Das hat ja fast etwas von einem Mini-Schloss, bestimmt super für Partys und so. Nur: Wer niemanden kennt – also ich –, kann auch niemanden einladen!

„Ist irgendwie altmodisch", meckert Karo da los. „Voll die Gruftihütte! Obwohl …", sie blickt nach oben, „… da könnte man wenigstens eine Diskokugel aufhängen." Sie deutet auf den Lampendraht im Wohnzimmer.

Hmm … gar nicht mal blöd die Idee, finde ich, aber Papa offensichtlich schon. Er murmelt kopfschüttelnd irgendwas von Nebelmaschine und Disko.

„Wo sind denn jetzt unsere Zimmer?", fragt Karo laut.

„Kommt, ich zeig sie euch!" Mein Vater geht durch den Flur und öffnet am Ende des Gangs jeweils eine Tür: eine rechts, eine links. „Das ist deins", er deutet nach links, „und das andere ist dein Zimmer, Lilli."

Ich schiele kurz in Karos Zimmer. Wirklich riesig! In Weiß gestrichen, nur eine Wand leuchtet pink. Und der Teppichboden hat genau die gleiche Farbe.

„Echt flashig! Genau so hab ich es mir gewünscht!" Nicht zu fassen, meine Nervschwester ist zufrieden!

„Schau mal, ein eingebauter Kleiderschrank." Sie öffnet die Wandtür. „Boa, das ist ja wie ein kleines Ankleidezimmer. Verschärft!"

Ich grinse. Mit ihren drei Milliarden Klamotten und Handtaschen kann sie so was schon gebrauchen. Aber dann halte ich es nicht mehr aus und schaue vorsichtig nach rechts, in mein Zimmer.

Jippie! Die Wände sind wirklich, wie ich es Mama und Papa erklärt habe: gelb, mit ganz leichtem Glittereffekt. Dazu passt der megaplüschige Teppich. Das absolute Highlight ist natürlich das neue Himmelbett. Zugegeben – nicht ganz so groß wie das auf dem Poster, aber es hat einen wunderschönen Betthimmel. Zufrieden gehe ich hin und zähle die Kissen: zehn. Okay, das muss reichen.

Schnell ziehe ich meine Schuhe aus und setze meinen Fuß auf das weiche gelbe Teppich-Meer. Fühlt sich gut an, so als würde man auf Watte laufen. Und dann lasse ich mich auf mein neues Bett fallen – in meinem neuen Zimmer – in meinem neuen Zuhause!

Ob ich das alles hier bald ganz normal finden werde?

Schon komisch: Vorgestern war ich noch in meiner alten Schule. Gestern heulend bei Sorina – und jetzt hock ich hier.

Schluck.

Langsam rapple ich mich wieder hoch und fange an,

eine der großen braunen Umzugskisten auszuräumen, die schon neben dem neuen Bücherregal aufgestellt sind.

Karo hat offensichtlich als Erstes die Musikanlage aufgestellt. Laut wummert ein Schmachtlied durch die Wände. Sonst steht sie ja mehr auf Hip-Hop. Aber das hier lief in der alten Wohnung in den letzten Tagen in Dauerschleife. Ich nenne es „das unsagbar furchtbar schmalzige Tom-und-Karo-Lied".

Kopfschüttelnd fische ich ein paar Bücher aus der Kiste und räume sie in das Regal. Da sehe ich meine rosa Geheimschachtel mit dem kleinen Schloss. Hier sind all die Zettelchen drin, die Sorina und ich uns in der Schule geschrieben haben. Auch die, auf denen steht, welche Jungs wir süß finden. Hochvertrauliches Material also! Die Kiste bekommt auf jeden Fall einen Ehrenplatz!, beschließe ich.

Nach zwanzig Minuten ist die erste Kiste leer. Auf dem Schreibtisch stapeln sich jede Menge Andenken und besondere Erinnerungsstücke: ein Foto von unserem alten Haus, ein Armband, das Sorina mir geschenkt hat. Und da ist natürlich noch das Foto von Sorina und mir, beim Performen im Staroutfit. Das haben wir vor ein paar Wochen mit Selbstauslöser aufgenommen und uns dabei halb totgelacht.

Ich schnappe mir die nächste Kiste und räume weiter.

Und Karo? Die sitzt nebenan und hört noch weitere

827-mal das gleiche Schmusebackenlied. Mann, bin ich froh, dass ich noch nicht verknallt bin! Sonst wäre ich wahrscheinlich auch total fertig, von meinem Freund wegzumüssen. Aber irgendwie nehme ich Karo die ganze Geschichte nicht so richtig ab. Ich kann selbst nicht so genau sagen, warum – trotz ihrer ganzen Heulerei! Wann *ich* wohl meinen ersten Freund haben werde – und wie er wohl so aussehen wird. Vielleicht ein bisschen wie Chris?

Hä? Ich stutze. Was ist das jetzt? Nach einer Weile mischt sich nämlich noch ein anderes Geräusch in die Tom-und-Karo-Ballade.

Verwundert lasse ich das Buch sinken, das ich gerade ins Regal räumen wollte. Komisch – sind das Trommeln? Ich gehe zum Fenster und öffne es einen Spalt. Klar! Da trommelt jemand. Wahrscheinlich in der Wohnung über uns!

jusSt girlS

Lilli ist total genervt von Familien-Umzugsterror und Zickenstress an der Schule. Bis sie Nachbarstochter Tessa kennenlernt. Denn die entpuppt sich als ein wahres Freundinnen-Wunder …

Stehst du auf:

- Muffins zum Anbeißen?
- Hobbys mit Kultfaktor?
- Freunde, auf die man zählen kan

Dann viel Spaß mit just girls

Pascale Kessler
just girls
Das Freundinnen-Wunder

LESESPASS FÜR FRECHE MÄDCHEN!

192 Seiten, Klappenbroschur
€ 9,95 [D]
ISBN 978-3-505-12642-0

www.schneiderbuch.de

EGMONT Verlagsgesellschaften

Schneider Buch